各行各業說中文
ADVANCED BUSINESS CHINESE

TEACHER'S MANUAL
教師手冊

主編策劃　國立臺灣師範大學國語教學中心
MANDARIN TRAINING CENTER NATIONAL TAIWAN NORMAL UNIVERSITY

總編輯　張莉萍
編寫教師　何沐容、孫淑儀、黃桂英、劉殿敏

2

目　次
Contents

詞類說明

表 1　詞類架構：八大詞類

八大詞類	Parts of speech	Symbols	例子
名詞	Noun	N	水、五、昨天、學校、他、幾
動詞	Verb	V	吃、告訴、容易、快樂，知道、破
副詞	Adverb	Adv	很、不、常、到處、也、就、難道
連詞	Conjunction	Conj	和、跟，而且、雖然、因為
介詞	Preposition	Prep	從、對、向、跟、在、給
量詞	Measure	M	個、張、杯、次、頓、公尺
助詞	Particle	Ptc	的、得、啊、嗎、完、掉、把、喂
限定詞	Determiner	Det	這、那、某、每、哪

　　本教材使用的詞類架構如表 1 所示，一般教師對八大詞類的概念不陌生，與一般傳統教材詞類概念差異較大的是動詞部分。以下先針對七大類簡要述說，將動詞放到最後說明。

1. 名詞（noun）

　　為了精簡詞類，名詞類包括了一般名詞、數詞、時間詞、地方詞、代名詞。名詞可以出現在句中的主語、賓語、定語位置。時間詞較特殊，也可以出現在狀語位置，如「他明天出國」。

2. 量詞（measure or classifier）

　　除了修飾名詞的量詞外，如「一件衣服、一碗飯」，也包括計量動作的量詞，如「來了一趟」。量詞出現在限定詞及數詞之後。

3. 限定詞（determiner）

限定詞極為有限，如「這、那、哪、每、某」。除了限定指稱的功能，如「這是一本書」，在句法上也有獨特地位，它可以和其他成分組成名詞詞組，出現的位置如右順序「限定詞+數詞+量詞+名詞」，如，「那三本書是他的」。

4. 介詞（preposition）

介詞主要功能是用來引介一個成分，形成介詞詞組，表達句子的時間、地方、工具、方式等語意角色，通常位於狀語位置，也就是主語和動詞之間。有些詞兼具動詞與介詞，此時只能根據他們在句中的功能分別給予詞類。例如，「他在家嗎？」這裡的「在」是動詞；而「他在家裡看電視」這裡的「在」是介詞。

5. 連詞（conjunction）

主要有兩類，一是並列連詞，連接兩個（以上）詞性相同的詞組成分，如「中國跟美國、美麗與哀愁、我或你」；二是句連詞，把分句連成複句形式，如「雖然…，可是…」。而漢語的句連詞常常成對出現，出現在前一分句的，我們稱「前句連詞」，如「雖然」；出現在後一分句的我們稱後句連詞，如「可是」。前句連詞如「不但、因為、雖然、儘管、既然、縱使、如果」可以出現在主語前面或後面的位置；後句連詞則只能出現在主語前面，如「但是、所以、然而、不過、否則」。可以參見下面兩例：

⑴ 她不但寫字寫得漂亮，而且畫畫也畫得好。

⑵ 我因為生病，所以沒辦法來上課。

當兩分句的主語不同時，連詞只能出現在主語前面、不能出現在主語後面。如下面兩例：

⑶ 我們家的人都喜歡看棒球比賽，不但爸爸喜歡看，而且媽媽也喜歡看。

⑷ 因為房子倒了，所以他無家可歸。

6. 副詞（adverb）

副詞主要功能是修飾動詞組或句子，它的存在與否不會影響句子的合法性。大部分副詞出現在句中的位置是主語和動詞之間，表示評價的副詞以及部分表示猜測的副詞則可以出現在句首，如「畢竟他不是小孩了，你不必擔心他」、「也許他知道小王去了哪裡」。除了大家熟悉的表示多義的高頻副詞「才、就、再、還」等等，依據語義，副詞大致可分為下面這些類別：

表示否定：不、沒、未

表示程度：很、真、非常、更、極

表示時間：常常、偶而、一向、忽然、曾經

表示地方：處處、到處、當場、隨地、一路

表示方式：互相、私下、親口、專程、草草

表示評價：居然、果然、難道、畢竟、幸虧

表示猜測：一定、絕對、也許、大概、未必

表示數量、範圍：都、也、只、全、一共

7. 助詞（particle）

助詞是封閉的一類，雖然數量不多，但因為它們在句法結構中的重要性，應該歸類為主要詞類。此外，根據它們在句法中的不同屬性，可以分為下面六小類：

感嘆助詞（Interjections）：喂、咦、哦、唉、哎

時相助詞（Phase particles）：完、好、過$_2$、下去

動助詞（Verb particles）：上、下、起、開、掉、走、住、到、出

時態助詞（Aspectual particles）：了$_1$、著、過$_1$

結構助詞（Structural particles）：的、地、得、把、將、被、遭

句尾助詞（Sentential particles）：啊、嗎、吧、呢、啦、了$_2$

在這六類中，大家比較熟悉的時態助詞出現在動詞之後，表示一個事件的內部時間結構，包含完成體的「了」、經驗體的「過」和持續體的「著」。時相助詞是傳統所謂動補結構中的補語。我們劃分出這一類，主要是這類助詞的實詞義已經消失或虛化，表示的是動作狀態的時間結構，出現在動詞之後、時態助詞之前。

動助詞也是一般所謂的補語。這類助詞的實詞義（如，趨向義）也已經虛化。不同助詞有核心的語義，例如「上、到」是接觸義（contact）；「開、掉、下、走」是分離義（separation）；「起、出」是顯現義（emergence）；「住」是靜止義（immobility）。表達的是客體（theme or patient）與源點、終點的關係（Bolinger, 1971[1]; Teng, 1977[2]）。這裡引鄧守信（2012:240）[3]例子來說明：

(33) a 他把魚尾巴切走了。

　　 b 他把魚尾巴切掉了。

以下是動助詞「走」和「掉」的特性說明：

走：客體自源點分離且施事陪伴客體

掉：客體自源點分離並自說話者或主語場域中消失

1　Bolinger, D. (1971). *The Phrasal Verb in English*. Cambridge: Harvard University Press.

2　Teng, Shou-hsin.(1977). A grammar of verb-particles in Chinese.*Journal of Chinese Linguistics*, Vol.5, 1-25.

3　鄧守信（2012），漢語語法論文集（中譯本）。北京市：北京語言大學出版社。

在這裡，教師們可以把客體理解為賓語（魚尾巴），源點則是「魚」，就可以清楚看出使用「走」和「掉」之間的差別。

教學時，區分出動助詞這一類，說明它們的特性，可以讓學生透過主要動詞與助詞的搭配，推估出句義，也可以解釋動助詞與動詞之間的選擇關係。動助詞與時態助詞共同出現時，也是位於時態助詞之前，但它們不和時相助詞一起出現。

結構助詞則是包括定語助詞「的」、狀 助詞「地」、補語助詞「得」、處置助詞「把、將」、被動助詞「被、給、遭」等等。

8. 動詞（verb）

動詞主要的句法功能，是做為句子的主要謂詞。為了讓學習者可以透過詞類來掌握動詞的句法行為，在動詞之下，我們區分了動作動詞（Action Verb）、狀態動詞（State Verb）和變化動詞（Process Verb）這三大類，也就是動詞三分的概念（Teng, 1974）[4]。動作動詞有時間性、意志性，狀態動詞沒有時間性，沒有意志性，而變化動詞有時間性，但沒有意志性。

變化動詞對華語教師而言較陌生。變化動詞是指由一個狀態瞬間改變到另一個狀態。我們可以簡單地把動作動詞視為動態；狀態動詞視為靜態；變化動詞則是兼具動態與靜態，如動詞「死」標示了從「活」到「死」的改變。這可以解釋為什麼變化動詞可以像動作動詞一樣，和完成貌「了」一起出現；又像狀態動詞一樣，不能和進行貌「在」一起出現。關於變化動詞和句法之間的關係，可參考表2。

狀態動詞 可涵蓋下面這幾個次類：
認知動詞（cognitive verbs）：知道、愛、喜歡、恨、覺得、希望
能願動詞（modal verbs）：能、會、可以、應該
意願動詞（optative verbs）：想、要、願意、打算
關係動詞（relational verbs）：是、叫、姓、有
形容詞（adjectives）：小、高、紅、漂亮、快樂

形容詞這一小類除了做為謂語外，還有一個主要功能是做修飾語。認知動詞則多是及物性的狀態動詞。表示能力或可能性的能願動詞和表示意願的意願動詞這兩小類，在句法上與其他

4　Teng, Shou-hsin. (1974). Verb classification and its pedagogical extensions. *Journal of Chinese Language Teachers Association*, 9 (2), 84-92.

狀態動詞不同的是，它們後面出現的是主要動詞，不是名詞詞組，也不能接時態助詞，我們將之標記為助動詞(Vaux)，以突出它們在句法上的特殊性。助動詞因為在句中的位置與狀語相似，有時容易和副詞混淆，基本上助動詞可以進入「V-not-V」句型（請參見表 2），具有動詞特性，與副詞截然不同。關係動詞這次類前面不能接程度副詞，也就是不能使用「很」等修飾語，與一般狀態動詞的語法表現不一樣。

動作、狀態、變化這三大類動詞的差異，可以清楚地反映在句法結構上，如表 2 所示。舉例來說，動作動詞可以和「不、沒、了 1、在、著、把」搭配，狀態動詞則不能和「沒、了 1、在、把」等 搭配，而變化動詞則可以和「沒、了 1」搭配，不能和「不」搭配。這樣一來，當學習者看到「破」的詞類是 Vp 時，就不會說出「*花瓶不破」這樣的句子，知道「破」的否定要用「沒」。

表 2　動詞三分與句法的關係

	不	沒	很	了₁	在	著	把	請（祈使）	V(一)V	V不V	ABAB	AABB
動作動詞	V	V	X	V	V	V	V	V	V	V	V	X
狀態動詞	V	X	V	X	X	X	X	X	X	V	X	V
變化動詞	X	V	X	V	X	X	X	X	X	X	X	X

（表格內容主要彙整自 Teng（1974）與鄧守信教授課堂講義）

詞類與句法的表現有時不可能百分之百符合，有規則就可能有例外，但是少數的例外不影響這個系統對學習的優勢。教師應該有這個認知。

除了動詞三分外，動詞是否能帶賓語，當然也是個重要的句法特徵，如果知道「見面」是個不及物動詞，自然不會說出「*我見面他」這樣的句子。因此區分及物、不及物也是這個動詞詞類系統的特色。但為了標記的經濟性，我們的詞類標記系統還有個重要概念，即，默認值(default value)。例如，V 這個標記除了指「動詞」，還代表「動作動詞」，而且是「及物性動作動詞」。

簡單地說，我們以這一類中較多數的成員做為默認值。舉例來說，漢語動詞中以動作動詞居多，動作動詞中又以及物性居多，V 所代表的就是及物動作動詞；狀態動詞中以不及物居多，因此 Vs 代表的是不及物狀態動詞；變化動詞以不及物居多，Vp 代表的是不及物變化動詞。所以對於動作動詞中的不及物動詞，就另外以 Vi 做為標記；狀態及物動詞則以 Vst 代表；變化及物動詞以 Vpt 代表。Vaux 的默認值則是狀態動詞，不及物。表 3 是動詞系統的詞

類標記以及標記所代表的意義。

表 3　動詞詞類標記代表的意義

標記	動作	狀態	變化	及物	不及物	可離性	唯定	唯謂	詞例
V	◎			◎					買、做、說
Vi	◎				◎				跑、坐、笑、睡
V-sep	◎				◎	◎			唱歌、上網、打架
Vs		◎			◎				冷、高、漂亮
Vst		◎		◎					關心、喜歡、同意
Vs-attr		◎			◎		◎		野生、公共、新興
Vs-pred		◎			◎			◎	夠、多、少
Vs-sep		◎			◎	◎			放心、幽默、生氣
Vaux		◎			◎				會、可以、應該
Vp			◎		◎				破、壞、死、感冒
Vpt			◎	◎					忘記、變成、丟
Vp-sep			◎		◎	◎			結婚、生病、畢業

　　從表 3 可以看到動詞分類中，除了區分動作、狀態、變化、及物、不及物外，還有三個表示句法特徵的標記：

⑴ –attr（唯定特徵）

　　　　這個標記代表只能做為定語的狀態動詞。一般狀態動詞的功能是做為句中的謂語，如「那女孩很<u>美麗</u>」，或是做為修飾名詞的定語，如「她是一個<u>美麗</u>的女孩」。但是像「公共、野生」這樣的狀態動詞，只能出現在定語位置，如「<u>公共</u>場所、<u>野生</u>品種、那是野生的」，不能單獨出現做為謂語，如不能說「*那種象很野生」。

⑵ –pred（唯謂特徵）

　　　　這個標記代表只能做為謂語的狀態動詞。相對於前一種類型，這類狀態動詞只具有謂語功能，而不具有定語功能。典型的例子如「夠」，如果學生知道「夠」是 Vs-pred，就不會說出「*我有（不）夠的錢」，而要說「我的錢（不）夠」。

⑶ –sep（可離特徵）

　　　　這個標記代表的是漢語中一類特殊的動詞，傳統稱離合詞，這類詞的內部結構為[動詞

性成分+名詞性成分]，在某些情況下顯現可離性，類似動詞與賓語的句法表現。離合詞中間可插入的成分包括時態助詞如①、時段如②、動作的對象如③、表示數量的修飾語，如④。

① 我昨天<u>下</u>了<u>課</u>，就和朋友去看電影。

② 他<u>唱</u>了三小時的<u>歌</u>，很累。

③ 我想<u>見</u>你一<u>面</u>。

④ 這次旅行，他<u>照</u>了一百多張<u>相</u>。

　　離合詞的基本屬性是不及物動詞，相關的標記有動作動詞 V-sep、狀態動詞 Vs-sep 和變化動詞 Vp-sep。學生認識離合詞這個標記與特性，可以避免說出「*他唱歌三小時」這樣偏誤的句子。當然，在台灣已經有些離合詞，如「幫忙」傾向於及物用法。因為仍不穩定，教材中仍以不及物表現為規範。

　　從上面這些說明，教師可以發現動詞有五個層次，第一層是最上層的動詞；第二層是動作、狀態、變化；第三層是及物、不及物；第四層是唯定、唯謂；第五層是離合。教師可以透過這些分類概念，建立學生句法的規則。更可以適時的進一步提醒學生這些類別細緻的句法行為。例如，在表 2 顯示狀態動詞可以和「很」共現 (co-occur)，但是 Vs-attr, Vs-pred 這兩類因為不是典型的狀態動詞，所以是不能和「很」共現。而 Vs-sep 這類詞 VN 分離後，V 可以和「了」共現，例如，「他終於放了心」。及物、不及物的標記也可以做為動詞是否可以與「把、被」共同出現的條件。學生如果認識「上當、中毒」等是不及物離合動詞，就不會因為它們帶有不愉快的語義而說出「被上當」、「被中毒」這樣偏誤的句子了。

LESSON 1 第 1 課 自有品牌

壹 教學目標

讓學生學會用中文表達商務拜訪的目的
讓學生學會用中文描述產品的製法和特性
讓學生學會用中文提出誘因，進行議價
讓學生學會用中文說明難處以延後決策時間

貳 教學重點

✏ 教師課前準備工作

　　本課主題是代工事業轉型、開發自有品牌，讓學生學習商務拜訪、訂貨議價等相關詞語，以及說明拜訪目的（如語言點 1）、描述代工事業發展（如語言點 2、3）、描述產品特色（如語言點 4）、說明職責權限（如語言點 5）、議價（如語言點 6）等句式。

✏ 教學步驟（進行方式）

　　一課上完大約八到十個小時。（視老師的安排和各班的學習情況而定）

│ 暖身（提問並帶出相關生詞）│

　　想一想，我們生活周遭的<u>自有品牌</u>產品有哪些？量販店是<u>製造商</u>、<u>批發商</u>還是<u>零售商</u>？什麼是<u>大數據</u>？

課前準備

把五題是非題瀏覽一遍，如遇到生詞簡單講解一下即可。播放音檔，請學生不要看課文，僅根據是非題的文字敘述或做筆記來掌握對話的大意。播放結束以後，檢討是非題的答案，當學生不確定對或錯時，請先擱置不需立刻回答，等上完對話後學生可以自己找出答案。

回答問題

上完課文後，可請學生回家先準備語言點前的五個問題。上課時請學生輪流回答，若學生回答不出來，先提示關鍵詞語，來引導學生抓住正確的訊息；接下來再進一步要求學生說出完整的句子。

生詞、課文

請學生跟著老師一起唸詞語表，以提問或請學生以中文解釋的方式來確定其能了解生詞的意思。若學生無法解釋，再由教師說明講解重點生詞。提問時可設定數個子題，環繞一個主題帶出生詞。教師也可問學生有沒有哪個生詞有意思或用法上的問題，若有，即協助學生理解。請學生輪流唸課文，以提問或請學生以中文解釋的方式來確定其能了解意思。帶領過課文後再核對是非聽力的答案。帶領學生做課本上的語言點練習題。最後再播放一次錄音，並回答課本上的問題。

四字格教學

給予學生情境，或可跟生活經驗連結的例子，讓學生使用四字格來回答。或是給予補充用法及例句，讓學生更熟悉四字格。

1. 打退堂鼓

問：那個企業家曾經有再次創業的機會，為什麼放棄了？（害怕、再次、打退堂鼓）

參考答案：他因為害怕再次失敗而打退堂鼓了。

個案分析

以泛讀或以聽力方式，完成個案分析的課前提問。比方說請學生概略說出發生的情況及困境。引導提問，重點在引起興趣。

1. 你曾經在網路上跟社群媒體互動（例如留言、按讚、參加活動等等）嗎？

2. 當碰到負評（負面留言），如果你是社群小編，第一時間會怎麼處理？

完成討論以後，利用分組活動來練習口語能力。將學生分組，各組從 A~H 中選出較合適的做法，排出順序，並說明理由。

｜課室活動｜

　　聽力活動的重點在讓學生習慣不同的商務拜訪或交際情境。建議老師先解釋考量（考慮的意思）、檢驗（檢查、測試的意思）等生詞，即可開始播放錄音。第一次播放完畢，請學生說出答案，若答案有錯請先擱置。第二次播放完畢，可公布答案。接下來進入回答問題部分。通過回答問題，可確認學生是否了解錄音內容。

　　聽力活動結束後，若課餘時間充裕，可接著做課後活動。（肆、教學補充資源的課後活動可供參考）。

📝 詞彙補充說明

1. ✕✕商：「商」可指商人、商家、商店或公司，跟本課內容相關的有製造商、零售商、批發商和通路商。製造商，有自己的工廠，可創造及生產產品。零售商，把商品直接販賣給消費者，居於商品流通的最末端/下游。批發商，介於製造商和零售商之間，向製造商取得商品，再分別賣給不同的零售商。通路商，意義比較廣，零售商及批發商都算是一種通路商，原則上他們能銷售和流通商品，甚至有研發產品的能力，但無法自己生產產品。另外，若是從國外進口商品的進口商，也算是一種通路商。

2. 量產：指有計劃、定量的生產。【例】設計師設計出新產品以後，經過市場調查和多次修改，才能量產。

3. 價位：指價格的等級範圍，如：高價位、低價位、同價位等。【例】這兩種商品很類似，但價位不同，目標族群也不同。

4. 丹數：也叫「丹尼數」，紡織纖維的度量單位。常用於襪子、背包的材質說明。通常丹數越小/低，布料越薄；反之則越厚。

5. 兼顧：兩方面都顧到。【例】光是便宜已經不能打動客人，還要兼顧價格和品質。

6. 把關：指篩選品質。【例】工廠嚴格把關，客戶才能對商品的品質安心。

7. 導入：指帶進、引進，如：導入某系統、導入某服務。【例】某知名量販店的美食街導入提前線上點餐服務，方便客人先用手機點餐再到現場取餐。

8. 大數據：一種最新的商業分析，跟以往不同的是，大數據具有大量、多樣性和速度快等特色，而且能夠預測市場和消費者的行為。【例】網站利用大數據預測客人的喜好，並推薦合適的商品，改變了過去的行銷模式。

9. 禁得起：此處指承受得住考驗。【例】老闆強調，他賣的傘絕對禁得起強風和大雨的考驗。（「經」得起是錯字）

10. 依循：依照、遵守。【例】發生糾紛時，就<u>依循</u>合約來處理。

11. 優渥：指較優惠的價格和較多的好處，如：條件優渥、待遇優渥。【例】雖然景氣不好，但是企業為了留住好的人才，往往願意開出<u>優渥</u>的條件。

12. ✕✕架：如展示架、陳列架、貨架，指具有支撐性，用途為展示、陳列、擺放、倉儲等。【例1】<u>展示架</u>上擺放的只是樣品，不提供試用。【例2】有關中文學習的書籍都排在<u>陳列架</u>上的同一層。

13. 權限：工作上權力的界線和範圍，如：工作權限、使用權限。【例】排班的事是主管的<u>權限</u>範圍，其他人都不能決定。

14. 保存期限：【定義】指包裝食品在一定的儲存條件下，從製造日期算起，可保持產品品質的日期範圍。在此日期範圍內，原本的品質不會發生變化，例如酸掉、臭掉、發霉或腐敗等，而可繼續安心食用，不會有健康風險。【例】如果食物的保存方式不正確，即使沒超過<u>保存期限</u>也可能壞掉。

15. 一席之地（文化點）：比喻應有的、不易被搶走的地位。【例】任何一家公司想在競爭激烈的市場上取得<u>一席之地</u>，最重要的是生產高品質的產品。

16. 零食（作業本）：此處的「零食類食品」是指正餐（一日三餐）外的包裝點心。

重要語言點解說

- 語言點2：「從…走向…」補充說明

  線上和線下：O2O（Online To Offline 線上到線下）是一種新的電子商務模式，指線上行銷及線上購買帶動線下（非網路上的）經營和消費。O2O通過促銷、打折、提供資訊、服務預訂等方式，把線下商店的訊息推播給網際網路用戶，從而將他們轉換為自己的線下客戶。

- 語言點4：「…，更不要說…」後接的可以是包含謂語的小句，也可以是包含主語和謂語的完整句子。在使用情境上，雖然也有正面用法，但語料庫中的用法多為負面的。課本練習均為正面用法，負面用法請參考以下：【例1】公司規定，部門每多聘一個人就要多算一份業績。我們部門今年都不見得能達到業績目標，<u>更不要說</u>多聘一個人了。【例2】品牌要隨時維護形象已經很不容易了，<u>更不要說</u>團隊碰到大量負評時的危機處理有多困難。

- 語言點6：「如果價格可以…，…也會…」用於議價時，一方面降低價格，一方面提高交易量；各退一步，以達成互惠。請看以下的例子：

經理：你可以解釋一下嗎？為什麼你把批發價又降了 5%？

業務：因為我跟經銷商達成共識，如果價格可以再降 5%，他們也會追加 10%的貨。

說說看：

1. 批發商希望你在 <u>30 天內</u>付款。你的答覆是希望他多給你 <u>5%</u>的折扣。你可以怎麼說？➜ 參考答案：如果價格可以多 5%的折扣，我們也會在 30 天內付款。

2. 跟你合作的外國公司要求漲價，因為運費上漲，成本提高了。但是你寧可自己負擔運費，也要維持原價。你可以怎麼說？➜ 參考答案：如果價格可以維持原價，我們也會自己負擔運費。

參 練習解答

🖊 課前準備-聽力練習

1. T　2. T　3. F　4. F　5. F

🖊 回答問題：請根據對話，回答下面問題

1. 劉經理的公司開發的第一批新品，有什麼特點？

　　答：第一批新品不但採用頂尖技術和材料，而且物美價廉，是他們公司今年主打的商品。

2. 按照目前的市場，使用者對高單價產品的反應如何？廠商覺得怎麼樣？

　　答：目前市場上消費緊縮，要是單價過高，有些客人一聽到高單價就打退堂鼓了，而且也會讓通路商跟零售商產生庫存的壓力。

3. 為了生產這批新品，劉經理的工廠有什麼改變？未來會怎麼發展？

　　答：劉經理的工廠為了發展這批自有品牌商品，把代工量減至六成，員工也精簡了將近三分之二。未來更將導入自動化生產機器人，利用大數據分析，更能有效提高生產效率及品質，降低人力成本。

4. 陳老闆的公司今年有什麼計畫？跟批發價有什麼關係？

　　答：陳老闆的公司今年剛好有展店計畫，整體訂貨量一定會往上衝，所以他希望劉經理的公司能給他們更優惠的批發價格。

5. 劉經理接受了陳老闆的議價嗎？為什麼？

　　答：還沒。因為價格方面不在他的權限範圍內。他需要回報財務部門，晚一點才能給
　　　　陳老闆答覆。

📖 語言點練習題（參考答案）

1. （我）這趟來主要是…
　　我這趟來主要是<u>為了了解國外的市場</u>。

　　(1) 哪裡，我這趟來主要是<u>希望建立跟廠商的關係</u>，所以事前做了很多功課。
　　(2) 我這趟來主要是<u>想了解銷售和庫存狀況</u>。任何困難我都會跟公司反應的，以幫助你
　　　　們解決問題。

2. 從…走向…
　　最快明年，這批新產品<u>就會從研發走向銷售</u>。

　　(1) 是啊！為了方便客人線上購買，線下取貨，不少網購品牌已經逐漸從<u>單純的網購走</u>
　　　　<u>向線上和線下結合的經營模式了</u>。
　　(2) 他對拍電影比較有興趣，所以公司安排他<u>慢慢從唱歌走向拍電影的路線</u>。

3. 一直苦於…，因此…
　　廣告公司的工作是責任制，不少廣告人一直苦於工作時間長和壓力大的問題，而無法長久堅
　　持下去，因此廣告業的<u>流動率很高</u>。

　　(1) 這家商店本來是 24 小時營業的，但是近年來一直苦於<u>人力不足，並影響大夜班的排</u>
　　　　<u>班情況</u>，所以開始考慮縮短營業時間。
　　(2) 香香百貨是一家老牌企業，但是一直苦於形象不夠年輕化，<u>無法拉近跟年輕人之間</u>
　　　　<u>的距離</u>，因此打算重新裝修一樓大廳，並導入全新的地下美食街和超市。

4. …，更不要說…
　　是的。<u>這家分店開在最熱鬧的地段</u>，而且<u>空間很大</u>，更不要說<u>還有戶外的座位</u>。

　　(1) 跟交通條件有關。<u>離機場很近</u>，而且也有公路和鐵路，更不要說<u>將來還有新的捷運</u>
　　　　<u>線通車</u>。

(2) 沒問題。<u>螢幕這麼大</u>，而且<u>畫面非常清楚</u>，更不要說<u>還有自拍功能</u>。

---

5. …不在我的權限範圍內

我真的很想幫你，但<u>轉調部門</u>不在我的權限範圍內，你先跟你們部門的上司談談吧？

---

(1) <u>給員工分紅</u>不在他的權限範圍內，不過他一向不小氣，相信這次也會請客的。

(2) 不好意思，<u>提供銷售數據</u>不在我的權限範圍內，你還是按照流程申請吧！

---

6. 如果價格可以…，…也會…

10%會不會太多？如果價格可以<u>不要漲那麼多</u>，<u>市場上也會比較容易接受</u>。

---

(1) 太好了，如果價格可以包括運費，<u>我們也會省很多麻煩</u>。

(2) 當然，如果價格可以<u>便宜三成，我們的訂單數量也會增加兩成</u>。

✏ 個案分析（參考答案）

1. 以上的因應策略各有什麼正面或負面的影響？

答：

A：展現該公司願意負責的態度，反而可以提高消費者的信任。

B：說清楚、講明白，消除誤會，並避免不必要的流言或八卦。

C：短時間內也許有用，但是如果被消費者發現是由行銷公司或公關公司代為操作，恐怕會引起更多不滿。

D：一味刪除對公司不利的留言並不能解決問題，也不能讓消費者了解公司因應的態度和策略，還會引起留言者更大的反彈。

E：這個做法雖然可以讓公司團結起來，以度過危機，但不見得妥當。因為每個員工有自己留言的方式和習慣，不能代表公司完整的形象。此外，一般人在留言時難免會有個人情緒，面對比較敏感的網軍或留言者容易造成更多的誤會甚至是衝突。

F：這是一個比較溫和又有效的做法。因為如果該高層或員工，在公司內部有一定的影響力，出面替公司說話或從旁幫忙跟消費者溝通是很合理的。另外如果他/她擅長使用社群媒體的話，了解網軍的語言和習性，當然更能加分。

G：這個做法也是可行的。因為讓合適的員工組成團隊，有組織有方法地處理問題，會比臨時雇用外人或亂槍打鳥更有效率。

H：這種做法有一定的風險。隨網路名人或媒體起舞可能會變成互不相讓的情況，結果模糊了焦點，更不可能解決問題。

2. 若你是該企業的品牌經理，你認為哪些因應策略是合適的？哪些會有反效果？

答：如果我是品牌經理，我會選擇 A、B、F、G，靠公司和員工自己的力量來因應，一方面也能培養員工的危機應變能力。至於其他的做法都有風險，也容易有反效果，所以我不會考慮，免得更難收拾。

3. 你覺得經營網路社群的社群小編要做哪些工作？他們會影響品牌的經營嗎？

答：小編的工作有編輯文章和圖片、回應留言和訊息、了解相關數據（如流量和觸及率）等。他們跟品牌經營有直接的關係，像他們的個性、語言、習慣等。有時候小編的形象是由整個團隊所塑造，成為消費者對該品牌印象的一部分。

📖 課室活動（參考答案）

一、請聽以下的對話，並選出：（1）對話人的關係（2）對話的內容

	（1）對話人的關係	（2）對話的內容
對話一	C	II
對話二	A	IV
對話三	D	V
對話四	B	III

三、回答問題

1. 老闆希望能做出有特色、講究品質的自有品牌，利潤並不是主要的考量。

2. 每一條耳機都經過嚴格的檢驗，必須先洗三次，洗不壞才算合格。

3. 因為才剛上市一個月，居然都買不到貨。

4. 他是在休假中接到電話的。

聽力文本

對話一

A：能見到本人太好了，之前都是透過電郵來聯絡。

B：幸會幸會。這是我的名片。

A：謝謝，這是我的。我非常期待能跟你們合作。

B：我很好奇，為什麼你們公司的自有品牌商品都走中高價位，產品類型也跟市場上的不

同？

A：因為我們就是希望能做出有特色、講究品質的品牌，利潤並不是主要的考量。

對話二

A：經過多年研究，我們的防水耳機正式上市了，而且很受消費者歡迎。

B：防水耳機在市場上不多見，防水效果怎麼樣？

A：每一條耳機都經過嚴格的檢驗，必須先洗三次，洗不壞才算合格。我們不怕客人忘了把它拿出來，泡在洗衣機裡，或是在大雨中行走兩三個小時。

B：哇！的確很有賣點。公司有沒有提供樣品或優惠，我們該怎麼推銷呢？

A：樣品、產品介紹和報價單可以直接寄給有興趣的客戶。如果客戶考慮訂購一萬條以上，可以享受 5% 的優惠。

對話三

A：我想要 5 號口紅一支。

B：不好意思，這個顏色目前沒有喔。

A：那 20 號呢？

B：真的非常抱歉，這個顏色也沒貨了。

A：不是才剛上市一個月，怎麼都買不到？今天我還特別跑一趟來看新貨。下次我不買你們的東西了！

B：請您理解體諒。這些都是熱銷的顏色，何況海外也賣得很好，因此新的一批不知道什麼時候才能到貨。建議您先訂購，只要一進貨，我立刻通知您。這樣可以嗎？

對話四

A：南部的客戶打電話來說設備出了一些狀況，希望我們馬上解決。我一時找不到人，也需要時間才能趕過去。聽說你休假，人就在附近，順便去處理一下吧！

B：好吧！我就去一趟。

A：你大概多久會到？我先告知客戶一下。

B：我半小時後出發，應該中午以前就會到。

A：太好了！那就麻煩你了。

📖 學生作業簿

一、請將框框中的詞語填入下面的句中，填入代號 a-j 即可

1. j　2. f　3. b　4. i　5. c　6. h　7. a　8. e　9. g　10. d

二、連連看及完成句子

1. F　　2. C　　3. D　　4. E　　5. B　　6. A

請把上面搭配好的詞語填入下面句子。

1. 盡地主之誼

2. 觀察入微

3. 把關嚴格

4. 打退堂鼓

5. 滾雪球

三、請選擇最合適的詞彙填入句中

1. (B)　　2. (A)　　3. (C)　　4. (B)　　5. (A)　　6. (B)　　7. (C)　　8. (A)　　9. (C)

四、請將以下詞語放在句子裡的正確位置，用「/」表示

健康的原則是飲食多樣化，還要少油、少糖、少鹽、注重衛生。

1. 最近政府連續發表報告指出，大多數國內製造的零食類食品有防腐劑過量的問題，引起了廣大消費者的不安。

2. 既然你對工作熟悉到一定程度了，應該可以獨當一面處理各種業務往來上的狀況。

3. 消費者最常透過社群網站了解企業，也讓社群小編這個職業的徵才需求越來越高。

4. 答案 1) 剛打開食品包裝，卻發現到期日是昨天。難道保存期限過了以後食物就真的不能吃了嗎？

　答案 2) 剛打開食品包裝，卻發現到期日是昨天。難道過了保存期限以後食物就真的不能吃了嗎？

五、利用括弧的提示完成對話

1. 沒有。他的追求計畫造成反效果，結果現在那個女生反而跟別人在一起了。

2. 沒錯。智慧型手機這麼普遍，讓行動支付無所不在。日常生活的消費幾乎都可以用行動支付來解決。

3. 這個新品牌反對過度包裝與行銷，價位<u>一律</u>不超過一千元，非常具有市場競爭力。

4. 您放心，這本字典的出版過程把關嚴格，一定<u>禁得起</u>時間的考驗。

5. 對不起，我只做設計工作，報價不在我的<u>權限範圍</u>內，請稍候一下，我找業務人員來為您服務。

肆 教學補充資源

📖 課後活動

若課餘時間充裕，下列課後活動可供參考。

　　問學生有沒有自己的公司、產品或服務？如果沒有，請學生想一想，如果要開一家自己的公司，會提供什麼商品或服務？面對新客戶時，會如何說明商品或服務的特色？接下來請學生仿照下面的商務拜訪情境，兩兩進行對話。

　　A：您好，我是代表南光企業的品牌部專員李欣文。這是我的名片。
　　B：您好，這是我的名片。
　　A：我知道您很忙，我不會占用您太多時間。我們公司光南企業製造運動用品，也開發自有品牌。這是我們的商品型錄。
　　B：你們的自有品牌是什麼？
　　A：我們的自有品牌「肯尼」球拍，比一般的球拍要輕，用過的人都讚不絕口！
　　B：看起來還不錯，價位也很合理。我該如何跟你聯絡？
　　A：如果您有任何需要，可以隨時用手機聯絡我。感謝您撥出幾分鐘的時間給我。

📖 台灣精品

　　https://www.taiwanexcellence.org/tw/press

　　請參考 Taiwan Exellence（台灣精品）網站，內有台灣產業的相關資訊，可供老師做教學設計改編的資料來源。

第 1 課　自有品牌

LESSON 2

第 2 課
叫你們經理出來

壹 教學目標

讓學生學會用中文表達對服務品質的不滿
讓學生學會用中文據理力爭自身權益
讓學生學會用中文解決問題平息客訴
讓學生學會用中文的語言技巧扭轉談判劣勢

貳 教學重點

教師課前準備工作

本課的商務情境是產生消費衝突時，被客訴方依職權進行的標準作業流程，及雙方在折衝過程中如何擴大談判利基，找出最好、對雙方最有利的解決方案，達到雙贏的理想談判。

一般流程：1. 檢視是否為責任歸屬方。 2. 列出己方有利和不利處。 3. 設定談判目標或停損點（賠償的底線）。 4. 利用自己有利的條件加以擴大以提高談判優勢。 5. 不必贏者全拿，適度折衝退讓。 6. 找出雙方可接受的最大利益公約數，雙贏。例如：⑴ 一線同仁檢視責任歸屬（確認非對方使用不當）後，⑵ 定調致歉（如語言點 1），⑶ 提出客訴方利用自己有利的條件（如：屬固定客戶，雙方有長期合作關係）給對方施壓（如語言點 2、3），⑷ 獲得對方適度退讓後（升高談判者層級，提高權限），雙方同時得肯定對方的努力或釋出善意（如語言點 4、5），⑸ 最後贏者不全拿，輸者雖失了面子卻贏了裡子，也不全輸（藉著補償措施及優惠券扳回商譽並拓展後續業務）。

談判技巧，建議教師可參考天下文化出版的《樂在談判》，作者：貝瑟曼（Max H. Bazerman）、尼爾（Margaret A. Neale），譯者：賓靜蓀。類別：商業理財。

教學步驟（進行方式）

一課上完大約八到十個小時。（視老師的安排和各班的學習情況而定）

暖身（提問並帶出相關生詞）

破題（提問）：

你消費的時候曾經發生過不愉快的事嗎？是什麼樣的經驗，你可以簡單地說說嗎？後來是怎麼解決的？你當時的感受如何？你做了什麼來主張或擴大自己的優勢？你請他們主管或高層出面了嗎？如果事情重來一次，你覺得怎麼處理會更好？

暖身（提問並帶出生詞，生詞擴展盡量以話題相關的群組進行）：

在酒店住宿的時候，遇過像馬桶漏水或設備出狀況的事嗎？他們第一線的客服和處理態度會離譜地讓你想客訴嗎？客訴的時候你會抬出哪些有利自己的優勢和理由？通常一家上軌道的酒店遇到客訴的標準作業流程是什麼？你曾經得到過什麼樣的賠償？比方說換房、升等、打折、折價券等等？大人大量，得饒人處且饒人，有助於談判的進行嗎？你覺得自己是好客人嗎？還是⋯「奧客」？或者「刁蠻公主」？

課前準備

1. 可布置成作業，學生在家先預習並完成作答。把五題是非題瀏覽一遍，如遇到生詞簡單講解一下即可，然後核對答案。2. 亦可播放音檔，請學生不要看課文，僅根據是非題的文字敘述或做筆記來掌握對話的大意。播放結束以後，檢討是非題的答案，當學生不確定對或錯時，請先擱置不需立刻回答，等上完對話後學生可以自己找出答案。

回答問題

上完課文後，可請學生回家先準備語言點前的五個問題。上課時請學生輪流回答，若學生回答不出來，先提示關鍵詞語，來引導學生抓住正確的訊息；接下來可再進一步要求學生說出完整的句子。

生詞、課文

請學生跟著老師一起唸詞語表，以提問或請學生以中文解釋的方式來確定其能了解生詞的意思。若學生無法解釋，再由教師說明講解重點生詞。提問時可設定數個子題，環繞一個主題帶出生詞。教師也可問學生有沒有哪個生詞有意思或用法上的問題，若有，即協助學生理解。請學生輪流唸課文，以提問或請學生以中文解釋的方式來確定其能了解意思。帶領過課文後再核對是非聽力的答案。帶領學生做課本上的語言點練習題。最後再播放一次錄音，並回答課本上的問題。

│四字格教學│

給予學生情境，或可跟生活經驗連結的例子，讓學生使用四字格來回答。或是給予補充用法及例句，讓學生更熟悉四字格。

1. **大人大量**：【補充用法】跟「大人大量」常搭配在一起的詞彙或相似詞有「大人不計小人過」、「宰相肚裡能撐船」、「高抬貴手」、「放他一馬」、「得饒人處且饒人」、「有容乃大」。【例】他得罪您是不該，但大人不計小人過，您就大人大量放他一馬吧！常用的貶義成語和反義詞則有：「小心眼」、「小肚雞腸」、「器量狹小」、「睚眥必報」、「錙銖必較」等。

2. **幸災樂禍**：【補充用法】是貶抑詞，近義詞有「落井下石」。【例】你有點同情心好不好？他丟了工作，家裡又發生變故，已經夠慘了，你就別再幸災樂禍，落井下石了！何況你們除了是同事還是四年的大學同學啊！反義詞則有「兔死狐悲」、「同病相憐」。

3. **祭（了）五臟廟**：【補充用法】五臟，是指心肝肺脾腎，在此泛指自己的身體。加上廟就是指讓自己吃點好的。近義詞有「打打牙祭」。【例】最近每天加班，都在辦公室吃便當，好久沒上餐廳打打牙祭。等忙完這一陣子，一定得去大飯店好好祭祭自己的五臟廟了。

│個案分析│

以泛讀或以聽力方式，完成個案分析的課前提問。比方說請學生概略說出發生的情況及困境。引導提問，重點在引起學生對客訴和談判課題的興趣。

1. 搭飛機的時候碰過航空公司主動為你升等座艙嗎？或是提供補償並安排你轉搭其他航空？這些是在一個什麼情況下發生的？

2. 購買機票的時候，你會去注意購票的搭乘合約嗎？

3. 每家航空公司都有搭乘規定，但內容不盡相同，你可以說出一、兩條不同的規定嗎？

4. 你聽說了最近發生幾則航空公司超賣糾紛的新聞嗎？請舉一個實例。（或一起觀看一段VCR）

5. 在這個實例當中，你覺得雙方處理得如何？或者各犯了什麼談判的錯誤？你覺得現場人員怎麼處理會更好？身為消費者的你該如何自保呢？

（補充知識）　　　　　　　　**機位超賣如何自保**

航空公司作法		消保團體建議
徵詢是否有自願下機者		保留購票證明
無自願者依據登機優先順序拒絕登機		可要求機位升等或交通食宿津貼
協助轉搭其他班機並給予必要食宿津貼		若協商不成可提出消費申訴
不接受補償提議，將給予退票、賠償	轉載自 2017.04.11 聯合新聞網 資料來源：消保處、消基會、航空公司	

| 課室活動 |

　　除了課本上的課室活動外，也可請學生搜集一則實際案例，進行新聞專訪。分成兩組，一方扮演航空公司相關人員，一方擔任消保團體，以座談方式，對該案例剖析當時做法的正確或失誤，提出最佳方案，並給消費者保障自我權益的正確觀念。

詞彙補充說明

1. 疏忽：做事不周密。【搭配】疏忽職守、課業/一時疏忽（反義：留神/留心/謹慎）。

2. 虧：【用法】虧+sb.，表示僥倖，同「多虧、幸好、幸而、幸虧、虧得」。【例 1】虧你提醒我，否則我就誤了大事了。【例 2】你一點都不知感激，還虧大家之前一直幫你。另請小心口語「別虧我」是「別拿我開玩笑」的意思。

3. 上道：【用法】就是說這個人很識相，搞得清楚狀況。【例 1】為了平息客訴，這位經理馬上答應給他們升等，真的很上道。【例 2】我和女朋友約會，小王竟然跟了一個晚上，真不上道。

4. 上軌道：【用法】比喻事情進入正軌，開始正常而有秩序的進行運作。【例】開張到現在一個多月了，一切才總算上軌道了。

5. 標準作業流程：SOP（Standard Operating Procedure 三個單詞中首字母的大寫），即標準作業程式，就是處理某一事的標準步驟（最優、量化）並以統一的格式描述出來，讓大家在工作上有一套標準來指導和規範，遇到意外狀況也能有所遵循。

6. 奧客：【用法】形容不是一位好客人，是行為惡劣的顧客。從台語而來（àu-kheh），在

新聞或現實生活中均常被使用。【例1】住得起五星級酒店的人，還順手把浴巾、枕套、拖鞋帶走，真是奧客。【例2】在飛機上借酒裝瘋的旅客，是最不受空服員歡迎的奧客。

7. 頻繁：次數多，連續不斷。【搭配】交流頻繁/往來頻繁。【例1】他出入國門過於頻繁，引起了海關人員的注意！【例2】最近地震頻繁，大家要多加注意，最好檢查一下家中的逃生包。

8. 水果盤：本課所指的不是「盤子」是「水果」。

9. 高明：見解技能高超。【例】他修車的技術非常高明，再麻煩的問題一下就解決了。

10. 不愧：【用法】不愧…是/不愧…為。當之無愧，當得起。【例】他們不愧是大公司，什麼事都很有制度。

11. OK票：訂位確定，一定有位子的機票，不是候補機位。一般是指非廉價航空的機票。

12. 咆哮：【用法】形容人暴怒喊叫或屬聲說話。【例】那兩個人多喝了兩杯，為了一點小事就開始大聲咆哮了。【使用情境】（1）那個人修養真差，在這麼多人面前對著老婆大聲咆哮。（2）那個客人每次來買東西，動不動就開始大聲咆哮，其實他只是虛張聲勢而已。

13. 火氣：【用法】原為中醫說法，指病人全身燥熱的感覺，現在火氣大也可指脾氣大，極易動怒。【例】其實是件小事，雙方各退一步就好了，請兩位冷靜一下，火氣別那麼大。

14. 引導：帶著人向某個目標行動。易與「指導」混淆，「指導」可以放在名詞前面做定語，「引導」不能。
【搭配】
○引導學生/善於引導/引導大家/引導前進
【例】登機時間已經到了，航空公司地勤人員趕緊引導旅客快速通關。

15. 空勤：是由執行航空客、貨運輸任務的飛機上人員組成的小組，也稱機組員，與地面工作人員的「地勤」，因工作性質和地點不同，名稱相對應。「空勤」分成前艙、後艙。前艙由正、副機師組成；後艙則是空服員，男性俗稱空中少爺，女性稱為空中小姐。

16. 損及：【用法】損及+N。損及人民權益/損及他人利益/損及商譽。【例】政府立法一定要周全，以免損及百姓權益。

17. 伉儷：【用法】指的是夫妻。自己和配偶謙稱為「夫婦」、「夫妻」。「伉儷」則是對對方及其配偶的尊稱，如「賢伉儷」。【例】恭喜賢伉儷金婚之喜，待會兒一定要好好

跟您佤儷喝兩杯。（文化點生詞）

18. 純粹：【用法】不攙雜其它成分的，沒有其他要素的。【例】這次的活動純粹只是老朋友連絡感情，跟選舉或其他事情完全沒有關係。（文化點生詞）

🖊 重要語言點解說

・語言點 2　真…！還虧…呢！

補充對話 1
同事 A：老闆又接到一筆出貨緊急的訂單，原來答應的補假沒了。
同事 B：真過分，還虧我們上個月拚了命地趕工，真不值得。

補充對話 2
兒子：我還是不是你的兒子？這麼多員工，為什麼最苦的工作讓我做？
父親：真不懂事，還虧你是我的兒子，禁不起一點磨練，將來怎麼接我的事業？

參　練習解答

🖊 課前準備-聽力練習解答

1. F　2. T　3. F　4. F　5. T

🖊 回答問題：請根據對話，回答下面問題

1. 從對話中你可以看出這家飯店第一線人員的基本作業權限嗎？
　　答：(1)檢查，確認為我方責任，盡速完成維修。
　　　　(2)要是有空房間，有權限為客人更換至同型的房間，若都客滿了，無權決定升等或給予其他優惠。

2. 莎莎利用哪些理由擴大自己的談判力量？
　　答：(1)你們飯店的服務讓我們不得不考慮下次住別家飯店了。（讓對方流失客戶）
　　　　(2)還虧你們飯店和我們公司有長期合作的合約關係呢！（用公司合約的力量給對方壓力）

3. 根據標準作業流程，飯店經理當晚提供了哪些補償措施？
　　答：(1)請客服人員幫客人升等到貴賓客房。

　　　(2) 贈送漂亮的水果盤和宵夜。

　　　(3) 在貴賓客房準備了鮮花。

4. 為什麼同事們以為莎莎和羅莉會成為貓熊？

　　答：當晚接到莎莎和羅莉的電話，談到並抱怨房間問題及第一線客服人員的處理，所以認為她們一定睡不好，出差回來，她們會沒有精神，變成兩隻大貓熊。

5. 經理做了什麼讓莎莎和羅莉的同事覺得他是處理客訴的高手，也是高明的行銷人才？

　　答：(1) 退房時，給莎莎和羅莉打了貴賓的折扣，讓她們不再生氣。（安撫客人，不致於讓負面影響擴大）

　　　(2) 贈送兩千元的折價券，下次入住抵用。（不來則無法使用，入住則另產生新的消費，飯店與客人雙贏）

　　　(3) 連下次的生意都預先打點好，讓客人有下次還願意再度光臨的誘因。

🛒 語言點解答（參考答案）

1. 真的/真是/真的是　非常/十分　抱歉

因為我們的疏忽，造成了你們的損失，真是抱歉！我們公司決定賠償所有的金額。

　(1) 真的十分抱歉，因為修路的聲音造成了您無法入眠的困擾，我們馬上替您換房。

　(2) 真是非常抱歉！因為我們包裝的問題，造成了杯子破損。為了表示我們的歉意，除了寄上新杯子，並請您收下這份小禮物。

　(3) 真的是十分抱歉！因為我們運送不小心，造成蛋糕變了形狀，除了免費以外，並且送上一個特別重新為您製作的蛋糕和本店的五折優惠券，以表示我們的歉意。

2. 真…！還虧…呢！

真想不到！還虧你們是一起長大的呢！他竟然在公司最困難的時候，說走就走，而且是到對手的公司。

　(1) 真過分！還虧公司不但原諒了他，而且另外還給了他離職金呢！

　(2) 是啊，真讓人受不了！還虧他是大老闆呢！怎麼這麼小氣！

　(3) 真誇張！還虧是名牌的手機呢！品質這麼差！

3. 何況…，除了…還/也…

票怎麼可能才<u>開賣五分鐘就賣完了</u>？何況我<u>排在第七個</u>，除了昨晚就來排隊，還拿到了<u>你們發的牌子</u>。

⑴ 怎麼不能退貨？網路購物本來就可以在七天之內退貨，何況<u>這是我前天才買的</u>，除了<u>有發票</u>，<u>還有完整的包裝</u>，符合退貨的規定啊！

⑵ 賠錢生意沒人做。何況<u>再壓低價錢</u>，別說小廠，我們大廠都經營不下去了，除非拿品質不好的貨給您……您想想，<u>除了賺錢</u>，我們<u>還得注意商譽和品質</u>啊！

⑶ 對不起，超過 6 公斤真的太多了。何況之前你先生的<u>行李就超過重量了</u>，一兩公斤我們就算了。現在你們除了託運超過重量，<u>隨身行李規格也不符合</u>，我們真的很為難。

4. 不但是…，更是…

太感謝你了，電腦不論有什麼問題都能讓你治好，我明天的報告總算交得了了，你<u>不但是工程師</u>，<u>更是了不起的電腦醫生</u>。

⑴ 沒錯，能把這麼小的空間設計出這麼多功能，他<u>不但是藝術家</u>，<u>更是空間大師</u>啊！

⑵ 就是嘛！她<u>不但是她爸爸的小公主</u>，<u>更是上輩子的情人</u>。我也常跟她爸爸說，這樣寵她太過分了。

⑶ 是啊！很難得，這位新人聲音好而且唱歌的技巧也非常棒，我覺得他<u>不但是一位好歌手</u>，未來<u>更是一位超級巨星</u>。

5. 不愧是…，連…都/也…

他們公司<u>真不愧是業界龍頭</u>，聽說<u>連服務不滿一年的新人</u>都領了三個月的年終獎金，真讓人羨慕。

⑴ 您真<u>不愧是專家</u>，<u>連我國企業投資的消息</u>都這麼清楚。

⑵ 她<u>不愧是點心世界的箇中好手</u>，<u>連知名咖啡店</u>都想跟她合作了。

⑶ 哇！真的啊？<u>真不愧是五星級飯店</u>，才一點小問題就送這麼多東西，<u>連住房也有折扣</u>，下次我去旅行一定要訂這家飯店。

個案分析（參考答案）

1. 請問如果你是督導，會提出什麼樣的解決方案？

  ⑴ 提出解決方案

    A. 座艙升等。

    B. 依該班機實際票價和公司規定付給每位旅客若干賠償金及可能產生的餐費、住宿費等抵用券。

    C. 協助客人轉搭抵達目的地時間與原來行程最接近的另一家航空公司班機。

  ⑵ 部分讓步及協調，提出修正後的替代方案

    第一步替代方案未達成協議，進一步提高賠償金和其他條件。

  ⑶ 徵求已登機但願接受補償條件的自願下機旅客

  ⑷ 1-3 步驟均無法達成有效溝通，則依購票合約條款中規定，依序請旅客下機，並給予相關賠償。

    ****本題請自由發揮，或參考各航空公司購票協議。****

2. 如果你是旅客，該如何爭取自己的權益？

  ⑴ 確認自己的狀況

    是否無法更改行程？或願意接受航空公司合理的賠償？

  ⑵ 確認自己的協商籌碼

    A) 十六歲以下未成年人基本上受到搭乘最大保護。

    B) 登機前兩小時抵達。

  ⑶ 利用對方失誤擴大自己籌碼

    A) 旅客持有的機票為確定機位的 ok 票，因航空公司超賣才造成衝突。

    B) 因搭機旅客太多，地勤人員未等到兩小時內，即提前開始補位。

  ⑷ 以不可更動的外在環境鞏固自己的立場

    如本案例中孩子年幼，無成人隨行且目的地已安排接機。其他如孩子開學日已到…等，無法更動搭乘條件。

  ⑸ 擴大對方的壓力

    利用現場旅客的群眾壓力、把事情擴大、利用媒體壓力。

    ****尋找最適合點達成與目標一致的協議，完成雙贏的有效溝通。****

📖 課室活動（參考答案）

│角色扮演│

（以所有建議可用詞彙，編寫下列參考文本，請老師卓參，並引導學生嘗試以五個階段，盡量使用建議詞彙完成文稿，老師修改後，再進行角色扮演。）

（Step 1）電話溝通：（失敗）

消　費　者：您好，請問經理在嗎？

網路店家：對不起，現在已經十點多了，我們打烊了！

消　費　者：原來你也知道很晚了！今天是母親節，我們訂的蛋糕應該上午十點以前送到，可是到現在晚上十點才收到，整整晚了 12 個小時，你們也<u>太離譜了</u>！

網路店家：現在經理不在，我也沒法解決，有問題請您明天再打來。

消　費　者：你<u>真過分</u>！還<u>虧</u>你們是網路上知名而且評價很高的公司呢，我看我<u>不得不考慮</u>告你們了。你等著吧！（氣憤地掛斷電話）

（Step 2）消費者向媒體投訴（擴大己方談判力量）：

1. 消費者將此一過程 po 在網上。

2. 電視台訪問消費者和店家。

（Step 3）店家提出賠償條件：（依權限提出解決方案）

網路店家：真抱歉，我是甜甜食品公司的經理，昨晚我們同仁因為過節，下班後急著回家，沒有顧及您昨天受到的委屈，我們想親自向您道歉，不知道您有沒有空？

消　費　者：首先我告訴你，我並不是<u>奧客</u>，昨天我只是要讓貴公司知道，你們的服務出了多大的問題，只要你們表示出誠意，我就<u>認了</u>，可是你們的員工…

網路店家：對不起，<u>因為</u>我們在運送作業上的<u>疏忽</u>，<u>造成了</u>您無法好好享受與親人愉快過節的氣氛，<u>儘管</u>我們現在提出再多的道歉都不能改變您損失的事實，就請您<u>大人大量</u>給我們一個解決問題的機會吧！

消　費　者：您這麼說，<u>至少</u>讓我心裡舒服一點，不過你的同仁太<u>不上道</u>，真的得再教育。

網路店家：是是是，我一定加強訓練，盡快讓服務<u>上軌道</u>，我們可以親自過來向您道歉嗎？

消　費　者：大家都忙，不用了…

網路店家：那您看這樣如何？我盡可能在我的<u>權限</u>內，送您一張七折貴賓卡和3000元抵用券，讓您在一年內消費都可以<u>打折</u>和<u>抵用</u>，希望您能夠<u>再度光臨</u>。

消　費　者：我能了解您的誠意，您<u>真不愧</u>是經理，其實並不一定要您給我什麼<u>好康</u>，只是要討回公道，要是一開始貴公司有這種態度，也就不會發生衝突了。

（Step 4）調解完成，和平解決（雙方各退一步）

（Step 5）消費者錄製影片放在網頁上，說明事情發生的經過跟結果。

消　費　者：為了表示我的善意，明天我就放一段說明或影片到網路上，告訴網友這件事已

經獲得圓滿的解決，免得有人<u>幸災樂禍</u>。

網路店家：感謝您，這對我們的商譽真的有很大的幫助。明天我就請同仁先送一個跟您訂
　　　　　的一模一樣的冰淇淋蛋糕讓您和家人享用，順便消消火氣。

消 費 者：有您<u>打點好</u>，相信不會再出錯了。

網路店家：絕對不會，謝謝提醒，就不打擾了。再見！

（可用詞彙）消費者

不得不考慮	上道	至少	心裡舒服一點	真…！還虧…呢！
奧客　認了	太離譜了	打點好	上軌道	真不愧是

（可用詞彙）網路店家：甜甜食品公司

因為…疏忽，造成了…	大人大量	儘管	幸災樂禍
權限	打折	下次抵用	再度光臨

✏ 學生作業簿

｜一、請選擇適當的詞語組合（每個詞語只能使用一次）｜

1. E　2. A　3. H　4. B　5. F　6. C　7. D　8. G　9. J　10. I

｜二、請將框框中的詞語填入下面的句中，填入代號 a-j 即可｜

1. g　2. h　3. j　4. i　5. e　6. a　7. c　8. b　9. f　10. d

｜三、聽力練習｜

1. c　2. c　3. a　4. c　5. a　6. a　7. b　8. a　9. b　10. c

｜聽力文本｜

1. 女：你等一下，我再去拿幾包調味料包！

　　男：欸！你不怕鹹死啊？一共才消費了 60 多塊錢，就別再拿了，要不然人家真會覺得我
　　　　們是奧客呢！

2. 女：你看，老闆不但招待我們一盤水果，還不收 10%服務費，等於主動給我們打了九折！

男：是啊，老闆還滿上道的，很給今天你這位主人面子啊！

3. 男：哇！你最近很忙嗎？簡直成了大貓熊！

女：是啊，為了準備下個星期的旅遊展，一連好幾個晚上都沒睡好。

4. 女：下午就要比賽了，小王現在才說不能去參加，太過分了！

男：是啊，為了這次的產品比賽，大家已經準備了半年了。真是太離譜了！

5. 男：這批貨怎麼處理，如果不說清楚，誰也別想離開這裡！

女：有話好說，火氣先別這麼大嘛！

6. 女：我下午才買的包子呢？我打算晚上餓的時候吃。

男：呵！呵！抱歉，已經祭了我的五臟廟了！

7. 女：在展示會上，經理一個下午就賣出了五部機器，真了不起！

男：真不愧是從行銷部門出來的，銷售技巧就是不一樣！

8. 女：小張的客人對售後服務不滿，到處抱怨，我們都接過好幾次電話！

男：所以在銷售的時候一定要跟客戶解釋清楚，否則一旦發生了誤會或糾紛，就沒完沒了了！

9. 男：乙方應該按照合約分期付款，如果兩期以上沒有按期付費，我們就可以收回商品！

女：你別抬出合約。我沒付錢的原因，是因為你們的產品有瑕疵，通知你們退換也不理。

10. 男：是什麼樣的條件，收服了我們如玉那位刁蠻公主啊？

女：對方不但正式道歉，還提出了一大筆賠償金，終於讓她點頭了。

四、請選擇合適的句子，完成對話

1. C　　2. C　　3. C　　4. B　　5. C　　6. A　　7. B　　8. C　　9. A　　10. B

五、利用括弧的提示回答問題

1. 我覺得這位經理真會做生意，不但是慷慨的暖男，更是行銷的高手，完全掌握了顧客心理。

2. 他真不愧是形象陽光的明星，連以前最冷門產品的業績都成長這麼多。

3. 是啊！真誇張／真倒楣，還虧他們的廣告說永遠以顧客為第一呢！／還虧他們是全球服務最好的十大航空公司呢！

4. 我得把明天開會的資料準備好，要是再失去這個客戶，老闆一定跟我沒完沒了，恐怕我就得準備打包走人啦！

5. 原來如此，難怪他不愛說話，心情看起來也總是不好。（另解：原來如此，難怪他總是一個人。）

肆 教學補充資源

1. 【新聞影片】
   全球瘋傳！聯合航空將亞裔乘客拖下飛機只為讓位給員工
   （原作：Business Insider　中文翻譯：Solomon Wolf）

2. 【2017.04.11 美國】摘自轉角國際
   強拖乘客下飛機，美國聯合航空提油救火的公關風暴

參考：

新聞影片逐字文字稿：
全球瘋傳！聯合航空將亞裔乘客拖下飛機只為讓位給員工
警告：以下片段可能會令觀眾感到不適

影片中可以看到一名聯合航空的乘客被強制拖離飛機，機上乘客將過程錄下上傳到社群媒體。聯合航空超賣機位。據稱這名男子是被隨機選中，要求離開飛機但他不肯離開座位。

「不要這樣！」、「天啊！」、「住手啦！」、「欸！我的天啊！」、「你們在幹嘛！」、「這樣做是錯的！」、「你們怎麼把人家弄成這樣！」

推特上的網友都怒了：「這個事件告訴我和我老公以後不要去搭聯合航空，事情不是這樣處理的」、「超沒水準，太可怕了！」、「聯航自己貪心超賣機票，還攻擊乘客。別想我再搭你們的飛機！」、「聯合航空把飛機當成『飢餓遊戲』，自願當祭品，不然就把你拖出去」。

聯合航空發布以下聲明：

「從芝加哥飛往路易維爾的 3411 號航班機票超賣，我們的員工詢問有沒有乘客自願放棄後，一名乘客拒絕離開。我們於是尋求警方協助。事件更進一步的詳細情形將回報給有關當局。」

航空公司在運送契約中雖寫有相關規定，但契約中寫的是乘客可能被拒絕登機，並且根據美國交通部規定，乘客依班機旅程延誤時間的長短，最高可獲得 1350 美元的賠償金。但據報

導聯合航空只開出 800 美元賠償條件。

　　補充：這是一個真實超賣引爆的衝突，2019 年 4 月後，該乘客才有勇氣面對大眾，並接
　　　　　受美國電視台的訪問。他說每次看到自己被拖行的影片，總是忍不住流淚。老師可
　　　　　以此做為課後討論話題。已經完成文字逐字稿，可供老師們參考，或作為聽力補充
　　　　　教材。

LESSON 3 第 3 課 讓產品爆紅

壹 教學目標

讓學生學會用中文向賣場爭取展示機會
讓學生學會用中文協調承租展場與展示區安排事宜
讓學生學會用中文與業務相關單位協商化解衝突
讓學生學會用中文因應不同文化調整介紹產品模式

貳 教學重點

教師課前準備工作

　　本課的商務情境是爭取賣場展示點，從接洽、送企劃到取得展示場地及針對目標族群與潛在客戶調派行銷人力的系列過程。

　　本文可分下列幾個重點：1. 鎖定想設點的賣場後，在拜訪前如何準備資料主動與賣場接洽。例如準備 a.公司簡介；b.產品；c.之前實際展示活動的資料及幻燈片。 2. 獲得回應後，親赴現場如何洽談：⑴ 主動開啟談判話題（如語言點 1）⑵ 如何利用自身優勢擴大談判能量，以爭取賣場中具銷售優勢的展示區。例如 a.公司規模：屬國際性公司，在全球有一兩百個門市及展場；b.產品兼具多項特色，符合此賣場週邊居民的需求（如語言點 2）；c.展示規劃能力（現場擺設、質感）。 3. 誠懇不誇張的宣傳、爽快的態度爭取信賴（如語言點 3、4）。 4. 展現之前市場分析調查嚴謹，包括 a.本區潛在客戶背景；b.重劃區建案陸續完成，進行交屋中；c.調派銷售人力兼顧本地居民及外籍人士文化背景。（如語言點 5）

教學步驟（進行方式）

一課上完大約八到十個小時。（視老師的安排和各班的學習情況而定）

暖身（提問並帶出相關生詞）

破題（提問）：

到大賣場購物，什麼樣的擺設最能吸引你的注意？為什麼？有什麼特別的地方？什麼樣的產品最能引起你當次購物的興趣？跟符合你的需要關係大不大？理解了消費者的購物行為，如果你是廠商，現在你會怎麼選擇你展示的賣場地點和現場展示區？你會如何規劃設計你的現場展示？

暖身（提問並帶出生詞，生詞擴展盡量以話題相關的群組進行）：

逛賣場人潮多的地方會引起你的好奇心嗎？什麼樣的展售或擺設最吸引你的視線？哪種特性的產品最容易引起購買的慾望？你覺得廠商選擇展示地點前應該對潛在客戶有哪些方面的理解？

課前準備

1. 可布置成作業，學生在家先預習並完成作答。把五題是非題瀏覽一遍，如遇到生詞簡單講解即可，然後核對答案。 2. 亦可播放音檔，請學生不要看課文，僅根據是非題的文字敘述或做筆記來抓住對話的大意。播放結束以後，檢討是非題的答案，當學生不確定對或錯時，請先擱置不需立刻回答，等上完對話後學生可以自己找出答案。

回答問題

上完課文後，可請學生回家先準備語言點前的五個問題。上課時請學生輪流回答，若學生回答不出來，先提示關鍵詞語，來引導學生抓住正確的訊息；接下來可再進一步要求學生說出完整的句子。

生詞、課文

請學生跟著老師一起唸詞語表，以提問或請學生以中文解釋的方式來確定其能了解生詞的意思。若學生無法解釋，再由教師說明講解重點生詞。提問時可設定數個子題，環繞一個主題帶出生詞。教師也可問學生有沒有哪個生詞有意思或用法上的問題，若有，即協助學生理解。請學生輪流唸課文，以提問或請學生以中文解釋的方式來確定其能了解意思。帶領過課文後再核對是非聽力的答案。帶領學生做課本上的語言點練習題。最後再播放一次錄音，並回答課本上的問題。

│四字格教學│

　　給予學生情境，或可跟生活經驗連結的例子，讓學生使用四字格來回答。或是給予補充用法及例句，讓學生更熟悉四字格。

1. **天下沒有白吃的午餐**：【補充用法】通常用於勸告、警世。相似詞有「天上不會掉餡餅」、「一分耕耘，一分收穫」、「要怎麼收穫先怎麼栽」。【例】想發財？你還是本本分分、老老實實地工作吧，天下沒有白吃的午餐，就算掉餡餅也掉不到你頭上。相反詞為「不勞而獲」。

2. **著墨不多**：【補充用法】簡單的說，著墨就是描寫、形容、討論、做文章的意思。古人以毛筆沾墨書寫，讓墨汁附著在紙張或器物上便叫「著墨」了。反義詞「多加著墨」、「著墨很深」，表示可以再多寫（說）一點或強調此處和寫得很多的意思。【例】這個土地開發案，在未來預期獲利部分<u>著墨很深</u>，可是對於預算卻<u>著墨不多</u>，是不是隱藏了什麼其他目的？

3. **真人面前不說假話**：【補充用法】意思是在行家、真誠可靠或知情的人面前不必說謊話，不過真人原是道家稱「修真得道」或「成仙」的人。與真人相關的熟語，如「真人不露相」也挺有意思。

│個案分析│

　　以泛讀或以聽力方式，完成個案分析的課前提問。比方說請學生概略說出發生的情況及困境。引導提問，重點在引起學生對產品行銷及場地洽談的興趣。

1. 在同一家公司裡，行銷部門和銷售部門重視的方向可能會有什麼不同？

2. 你覺得，一般來說高價位還是低價位的產品好賣，且利潤也高？你若是銷售員，比較喜歡賣哪一種產品？

3. 商場上哪一類的產品利潤較高？你可以舉出一個高價位、高利潤產業，平均售出一樣產品大約需要多久時間的例子嗎？（可提示：1.比方說賣一棟房子…2.經濟景氣因素的影響…3.獲利情形：四字格《三年不開張，開張吃三年》，雖然還沒學，可是老師可往這個方向帶。）

4. 同一個產品向華人銷售或是向西方人銷售，銷售技巧和重點需要有所不同嗎？

5. 因應不同文化的潛在客戶，你會怎麼安排你的銷售人員？

∣課室活動∣

　　若課餘時間充裕，可補充下列的課室活動。

<產品展售場地洽談>

　　活動 1.請學生在台北的幾大賣場中擇一，先設定自己產品及特性，再提出在該地設置展售場地的優劣評估報告。

　　活動 2.同學分為兩種身分，一組在課堂中擔任評審或賣場場地負責單位，另一組則為欲在此設立展售場地的廠家，由他們發表企劃。發表後，賣場場地負責單位圈選得標者，並於得標後，對外說明該公司得標理由。

📝 詞彙補充說明

1. 爆紅：一下子紅起來，強調迅速、瞬間。【例】這個偶像團體才出道一個星期，上遍各個電視節目，一下子就爆紅了。

2. 實地：【搭配】到現場（做某事）：實地勘察/實地考察/實地訪談。【例】等到事情準備得差不多了，我們就實地去看看。

3. 事宜：相關的事情。洽談展場事宜。【例】林秘書，請你準備開發南部市場的資料，明天開會要討論相關事宜。

4. 久仰：客套話。形容某人的名氣很大，我方在很久之前就知道或聽說過對方的名聲和事蹟。可說「久仰，久仰」，也可說「久仰大名」。【例】久仰，久仰，今天終於見到您了。

5. 特性：某人或事物所特有的性質，是內在的東西，不易看出來，多用於事物。【例】這部電腦的特性是電力可以連續使用十二小時，最適合旅行時用。【近義詞】特徵、特點、特色。「特徵」形之於外，最易辨識，「特點」次之，「特性」最難。「特點」是中性詞，可以指好人、好事，反之亦可；「特色」則側重事物的優點，是褒義詞，很少用於人。【例 1】她的特徵（✕特性）是金髮，大眼，笑起來有兩個可愛的酒窩。【例 2】這裡氣候的特點（○特徵，✕特性）是只有夏季和雨季，沒有冬季。【例 3】台灣原住民各族的衣服都非常有特色（✕特點）。

6. 齊全：形容物品應有盡有。和「一應俱全」、「齊備」是同義詞，但「齊備」偏重物品齊全。「齊備」不做「準備」、「預備」等動詞的補語，是「齊備」本已經有準備的意思，「齊全」則可以。【例 1】這家雜貨店雖然小，但五臟俱全，生活用品一應俱全，非常齊全。（○齊備）【例 2】露營的用品已經齊備了，我們在山上五天絕對沒問題。（✕齊全）【例 3】過年的東西都已經準備齊全了，現在只剩把家裡打掃乾淨就可以了。（✕

準備齊備）

7. 陸續：著重有先有後，時斷時續。後面可以有數量詞，能重疊，「陸陸續續」。【例 1】這次亞運我國選手<u>陸續</u>傳來三項奪金的好消息。【例 2】蘋果公司最近<u>陸續</u>推出了幾款新手機。【例 3】市場上<u>陸陸續續</u>傳出那家公司財務惡化，有倒閉危機的消息。

8. Home show：家居秀，將產品搭配整體裝潢設計，展示於顧客眼前。讓產品成為生活環境中更實用、更美觀的一部分。

9. 爽快：舒適痛快，或個性直爽。【用法】爽快指個性，痛快指心情。

10. 趨向：發展方向、趨勢。同義詞「傾向」。【例】台灣社會的經濟能力<u>趨向</u>兩極化，呈現 M 形的趨勢。（○傾向）

11. 偏向：偏於贊成某一方面，有不公正的意思。多指日常生活中的錯誤傾向，不用在大處，含貶義。【例】每次部門間的衝突，經理總是<u>偏向</u>一方，造成紛爭一直沒完沒了。（×傾向）。近義詞「傾向」則是用在大處，尤其是政治上，是中性詞。【例】這個政黨的政治立場有極左<u>傾向</u>。（×偏向）

12. 嚴謹：嚴密周到、嚴肅謹慎。【搭配】辦事嚴謹/態度嚴謹/規劃嚴謹/作業嚴謹。【例 1】這位作家寫作態度以<u>嚴謹</u>著稱。【例 2】這次產品發表會的事前規劃，非常<u>嚴謹</u>，成果自然令人滿意。

13. 長紅：強調時間的持久。【使用情境】一個產品能爆紅固然好，但<u>長紅</u>才能真正把開發產品的成本回收，並有持續、長久的利潤。

14. ABC：係指美籍華裔，即在美國出生的中國人（American born Chinese）。

重要語言點解說

- 語言點 4 其實，…（並/也）不全然是…

補充對話 1
觀眾 A：這部片子大賣，我看這次影展，這位女主角非得獎不可。
觀眾 B：其實一部電影能爆紅，有時候並不全然是演員好，劇本、導演和幕後工作人員也得搭配得好才行。

補充對話 2
設計師：我早說過了，過年用黑色來包裝，對中國人來說用色太大膽了，難怪銷售業績不好。

業務員：其實，這項產品不能獲得消費者的青睞，也不全然是包裝的問題，產品的選擇
　　　　性太少，也是滯銷的原因之一。

· 語言點 5 往往不單是…，更重要的是…

補充對話 1

行銷主管：各位認為我們該如何解決和銷售部門間的衝突？

行銷專員：說真格的，我們行銷和銷售兩部門長久以來的衝突往往不單是利益問題，更
　　　　　重要的是雙方溝通的方式。

補充對話 2

銷售員 A：為什麼你的銷售業績總是這麼好？可以教教我嗎？

銷售員 B：其實不難，因為消費者願不願意掏錢購買，往往不單是價格的問題，更重要
　　　　　的是品質和銷售人員的服務態度。

參 練習解答

課前準備-聽力練習解答

1. F　　2. F　　3. T　　4. T　　5. T

回答問題：請根據對話，回答下面問題

1. 國際健康器材公司在與大賣場進行展場場地接洽前，已提供了哪些訊息？

答：有關國際健康器材公司的整體介紹資料，以及產品外觀、特性的介紹。

2. 在展示區位置競爭上，哪些資料或訊息可以增加廠商的競爭力？

答：A. 公司性質：國際性的公司。（or 跨國公司）

B. 規模：在全球各大百貨公司、購物中心有一兩百個門市和展場。

C. 產品：極具特色。

D. 實際經驗：之前實際展示案子的相關資料、照片、幻燈片等。

3. 一般大賣場在接受展示廠商上，除了價錢還會考慮對方的哪些條件？

答：A. 產品是否能提升或突顯賣場的展售水準。比方說屬於行銷國際的高單價產品。

B. 樣品和場地擺設的設計圖質感優劣。

C. 宣傳是否誇張不實，是否值得信賴。

D. 是否符合該賣場的發展路線或形象。比方說符合該賣場希望扭轉大賣場給人中
低價產品、品質不怎麼樣的印象。

4. 這家公司選擇這個賣場及產品展示走向的理由是什麼？

　　答：「客群」、「潛在客戶」是決定這家公司選擇這家賣場和展示走向的最主要原因。因為：

　　　A. 他們這次主打的是高品質、流線和優雅造型的新產品。

　　　B. 該公司根據大數據的分析，掌握了居住在賣場附近的族群，大多屬於尖端科技人才，年齡也趨向年輕化，他們的消費行為正是該公司此次主打產品的目標族群。

　　　C. 賣場旁邊屬於重劃區，所以這次的展覽主軸設定在新屋家具的展示和健身秀，與購屋居民需求一致。

5. 這家公司如何安排現場銷售人員？為什麼？

　　答：安排了本地的銷售員，還安排了了解西方文化的 ABC。因為：

　　　A. 銷售人員往往不單是賣一項產品，必須針對不同的客群擬定不同的銷售策略。

　　　B. 賣場客群背景：有當地人，還有許多西方人。所以在文化上，做了非常嚴謹的區隔，不只安排了本地的銷售員，還有好幾位了解西方文化的華人。

✏ 語言點解答（參考答案）

1. …再進一步…
我們看了。對於您提供的資料我們很有興趣，想再進一步了解加入營運的辦法。

⑴ 好的，請把相關資料寄給我，我想再進一步仔細讀一讀。

⑵ 對不起，我正在忙，等有時間的時候，請你再進一步面對面說明。

⑶ 大致上不錯，但是細節還需要再進一步洽談。

2. 我們的產品兼具…
我們的新一代產品兼具無線充電、分析情緒等功能，資料還可進一步用在大數據分析或無法說話的病人身上。

⑴ 我們的這種產品兼具保險、存款和儲備教育基金等好處，值得推薦。

⑵ 你應該買這種新上市的車，我們的這款新產品兼具自動路邊停車和危險自動停止的功能。

⑶ 我們的這種新產品兼具防藍光、自動變色的功能，可以減少 3C 產品和陽光對眼睛的傷害，你們可以考慮考慮。

3. 天下沒有白吃的午餐，…
　天下沒有白吃的午餐，人家憑什麼又給你免費又給你獎金，不可以去占這種小便宜。

　⑴ 我有點擔心，因為大家都知道你很可能當選。天下沒有白吃的午餐，你得小心他們
　　有沒有其他目的。

　⑵ 我早就告訴你了，天下沒有白吃的午餐，即使是再好的朋友，也不能有這種金錢往
　　來。

　⑶ 想清楚，別忘了天下沒有白吃的午餐，不管條件多好，也得付利息給銀行啊！

4. 其實，…（並/也）不全然是…
　其實，旅遊業的景氣不好，也不全然是氣候的關係，沒有吸引人的行程也是原因之一。

　⑴ 其實，他們並不全然是要進餐廳消費的人，很多人只是經過，想賺到他們的錢，得
　　找出誰是你的潛在客戶，對他們加強行銷。

　⑵ 其實，經過我們的分析，並不全然是負面的影響，中國畢竟是全球產業的一部分，
　　當然也能為台灣帶來不少商機。

　⑶ 其實，台灣的咖啡豆並不全然是進口的，也有很多是本地農夫自己種的。

5. 往往不單是…，更重要的是…
　最需要考慮的往往不單是價錢的問題，對我來說更重要的是品質。

　⑴ 我覺得政策很重要，但往往不單是政策好就可以了，更重要的是他的執行能力/他們
　　團隊的執行能力，以免政策成為空談。

　⑵ 擁有很多資本的大企業固然很好，但往往不單是資金多就行了，更重要的是他們的
　　信用和商譽。

　⑶ 我們是靠技術吃飯的公司，技術當然很重要，但往往不單是有技術就可以了，更重
　　要的是能不能跟團隊合作。

▌ 個案分析（參考答案）

1. 如果你是行銷主管，會用哪一種策略跟銷售部門協調呢？
　答：⑴（自由發揮）
　　　⑵（參考）銷售紅利是銷售人員生存的重要來源。如果行銷規畫的主軸不是高單

價產品，而是價位較低的中小型產品時，往往產生衝突，故應該：

A. 先說服銷售部門建立良好的產品形象，待銷售中小型產品取得顧客信賴後，再改推高價位產品。

B. 提高紅利的抽成比例，或視個案於年終時發給專案獎金。

2. 面對不同文化背景的客群（日本、韓國、歐美…），他們面對產品的接受態度有何差異？你該怎麼賣你的銷售產品？或者如何調派你的第一線銷售人員？

　　答：（學生可依商場上實戰經驗自由發揮）

　　　　（參考答案）

⑴ 不同文化面對產品的態度差異

A. 歐美客群：重視產品本身的好處和價值。他們信賴的是高品質的產品和專業的銷售員。

B. 亞州人（特別是華人）期待品牌的奢華感。他們信賴的是品牌、名氣響不響亮和面子。

⑵ 一線銷售人員調配方式

A. 歐美客群：派出對西方文化熟悉和思考邏輯與西方人接近或者生活背景相似的銷售員。

B. 在亞洲很多商品重金禮聘巨星代言，讓客戶藉此信任品牌。

3. A、B 請任選一題作答。

A：你們公司的產品類型和客群之間有什麼樣的關係？你如何調整你的銷售語言和策略？

B：以下這些產品類型和客群之間有什麼關係？應如何設定銷售語言和策略？如：語言教材、線上課程、美妝產品、育兒用品、運動用品等，請選擇一種產品進行討論。

　　答：（請自由發揮。）

📖 課室活動（參考答案）

一、請聽錄音，並完成下列表格。

1. 這段話說的爆紅產品是指什麼？	候選人
2. 為什麼稱這位候選人是爆紅產品？	在短時間內，從原本最困難的選區高票當選。
這位候選人成功當選的最大原因是什麼？	他的行銷方式和文化，符合大部分台灣南部人的胃口。
3. 台灣南部語言文化最特別的是什麼？	非常直接明白，不論教育水準高低，大家一聽就懂了。

4. 這位候選人怎麼親近這個城市的農、漁、工等行業的人，向他們行銷自己？	他脫下西裝，隨時在路邊、地攤、田間，坐下來，跟他們聊生活，跟他們做朋友，突顯了他的爽快熱情。
5. 大部分南部人的個性特色是什麼？	個性爽快、單純
6. 這位候選人看到了目標族群的哪種困境和需求？	經濟問題
進一步用什麼方法來行銷自己的政見？	「貨賣得出去，人進得來，大家發大財」，讓人民看到了希望。
7. 你對這位候選人的整體行銷看法如何？	自由發表

｜聽力文本：｜

　　2018 年台灣的地方選舉，某地區的市長當選人，從原本不被看好，一下子成了新的政治巨星，短短三個月，成功地讓自己成為一種特別形式的爆紅產品。為什麼他能在短時間內，從原本最困難的地區當選，而且贏了對手 15 萬票之多，很多專家認為是他的行銷方式和文化，符合大部分台灣南部人的胃口。台灣雖小但南部北部的文化有些差異。第一，他使用的語言，非常直接、明白，不論教育水準高低，大家一聽就懂了。第二，他了解南部人。農人、漁民、工人，個性兼具爽快，單純的特點，因此他脫下西裝，隨時在路邊、小吃攤、田間，坐下來，跟他們聊生活，跟他們做朋友，突顯了他的爽快熱情。第三，他了解當地的困境，清楚人民需要什麼，他提出發展經濟的目標，「貨賣得出去，人進得來，大家發大財」，讓人民看到了希望打動了人民，所以每次演講，總是吸引了滿滿的人潮。他成功地行銷了自己的夢想。

　　不同文化要有不同的行銷方式。他推銷的是候選人這個產品，掌握了南部的不同文化，他的競選廣告當然就緊緊抓住了選民的心，受到人民的青睞，扭轉了整個選戰的結果。

｜二、發表和比賽｜

　　請學生自由發揮。

🏛 學生作業簿

｜一、請選擇適當的詞語組合（每個詞語只能使用一次）｜

　1. E　2. B　3. A　4. F　5. C　6. D　7. G　8. I　9. H

│**二、請將框框中的詞語填入下面的句中，填入代號 a-h 即可**│

1. h　　2. e　　3. c　　4. a　　5. f　　6. d　　7. b　　8. g

│**三、請選擇合適的句子，完成對話**│

1. C　　2. C　　3. C　　4. B　　5. A　　6. C　　7. B　　8. A　　9. C　　10. C

│**四、利用括弧的提示回答問題**│

1. 哈哈哈，<u>打動我的不單是這則廣告，更重要的是你們的產品不論設計或質感都扭轉了我之前的印象啊</u>！

2. 先別高興得太早，<u>天下沒有白吃的午餐</u>，我們還是<u>先去了解一下再說</u>。

3. <u>其實，並不全然是我的功勞</u>，我們的產品兼具多重功能，才是這麼快就簽成合約的主因吧！

4. 賣房子這個行業利潤很高，<u>俗話說三年不開張，開張吃三年</u>，重金禮聘這些名模的費用，賣一棟房子就賺回來了。

5. 噢？新聞報導上有關<u>這個部分著墨不多</u>，改天<u>願聞其詳</u>。

6. 看清楚，他們寫的是一折「起」，這些都是<u>商人的銷售語言</u>，別因為<u>週年慶促銷</u>就瘋了一樣購買一些不需要的東西。

│**五、請利用提示欄中的詞語，改寫原句，而且不影響原句的意思**│

1. 展示區是不是在<u>人潮多的位置</u>，關係到<u>生意好壞</u>，當然是所有廠商<u>在展場的首選</u>。

2. 大家都在商場上這麼多年了，<u>真人面前不說假話</u>，這次股東大會確實<u>有不同的聲音</u>，不過最後還是<u>訂下了發展的主軸</u>。

3. 這家大賣場的經理，<u>個性很爽快</u>，所以才半個小時我們就<u>有了共識</u>。

4. 經過上次的失敗，他們決定<u>改變經營路線</u>，產品要<u>突顯質感</u>，不再做一些<u>誇張不實</u>的廣告，讓消費者對他們的產品<u>提高信賴感</u>。

5. 手機公司這一代新產品，行銷<u>主打像水一樣的流線型</u>、非常有現代感，而且<u>很優雅</u>。

6. 一般銷售部門因為基本薪水不高，所以他們在意的是<u>分紅</u>，對於低價產品<u>興致不高</u>，甚至會因淡季還得賣低利潤產品，而<u>表現出反彈</u>的情緒。

7. 產品要<u>爆紅</u>不容易，但要維持<u>長紅</u>更難。業績好壞，<u>其中奧妙</u>，就是必須<u>回歸</u>到是否能掌握<u>潛在客戶</u>的消費習慣，針對<u>不同族群做出區隔</u>。

肆 教學補充資源

1.【YouTube 廣告片】

[香港廣告]（2006）古天樂 OSIM iMedic PRO 按摩椅

https://www.youtube.com/watch?v=7G-25p3VKy8

2.【YouTube 廣告片】

OSIM 白馬王子按摩椅 廣告 - 范冰冰 [HD]

https://www.youtube.com/watch?v=mOu5-JvLdfE

3.【YouTube 廣告片】

OSIM 4 手天王按摩椅 廣告 - 劉德華

https://www.youtube.com/watch?v=tQVZUqpIsn4

LESSON 4

第 4 課
國際展場

壹 教學目標

讓學生學會用中文描述展場的盛況

讓學生學會用中文說明參展產品的獨特性

讓學生學會用中文提出對將要合作廠商的疑慮

讓學生學會用中文舉例說明以解除他人疑慮

貳 教學重點

教師課前準備工作

本課的對話一情境是海外參展的台灣廠商代表王碩與隔壁攤位的德國廠商代表馬克，在展覽的最後一天才有時間聊聊天，並交換參展的意見。

教師先備知識為了解參展的意義和目的，廠商的目的是想藉參展的機會，來增加曝光率，進一步拓展市場。

本課的對話二情境是台北世貿中心的商展結束後，參展廠商張經理打電話給隔壁攤位的李老闆，請教有關展場設計的問題。出色的展場能彰顯企業文化和產品特色，還能充分發揮展、售的功能。

教學步驟（進行方式）

一課上完大約八到十個小時。（視老師的安排和各班的學習情況而定）

｜暖身｜

首先介紹國際性展覽，再介紹國內的展覽相關單位。

1. 介紹：消費（性）電子展（Consumer Electronics Show，簡稱：CES）
   是一個知名國際性電子產品和科技的貿易展覽會，每年吸引來自世界各地的主要公司和業界專門人士參加。

2. 介紹：台北世界貿易中心
   1970 年代我國以出口貿易為導向的經濟快速成長，政府基於當時的發展趨勢，規劃興建集商品展示、貿易服務、會議服務及旅館餐飲等四大功能的四幢建築物，稱台北世界貿易中心，為從事國際貿易人士提供最便利、最完善的服務。

3. 介紹：TAITRA
   就是台灣最主要的貿易推廣機構——中華民國對外貿易發展協會，所提供的服務為開拓海外貿易市場、全球採購中心服務、國外連鎖店拓銷服務等業務。

｜課前準備｜

　　把五題是非題瀏覽一遍，如遇到生詞簡單講解一下即可。播放音檔，請學生不要看課文，僅根據是非題的文字敘述或做筆記來抓住對話的大意。播放結束以後，檢討是非題的答案，當學生不確定對或錯時，請先擱置不需立刻回答，等上完對話後學生可以自己找出答案。

｜回答問題｜

　　上完課文後，可請學生回家先準備語言點前的五個問題。上課時請學生輪流回答，若學生回答不出來，先提示關鍵詞語，來引導學生抓住正確的訊息；接下來可再進一步要求學生說出完整的句子。

　　教學重點應該是聽力訓練和口語表達。加強聽力訓練的教學引導。例如，學生課前聽了對話後，先檢驗學生課前準備的部分，如果對於哪個問題有疑問，那麼教師可以就泛聽的技巧給予學生指導。接著才進入課文和生詞。

｜生詞、課文｜

　　請學生跟著老師一起唸詞語表，以提問或請學生以中文解釋的方式來確定其能了解生詞的意思。若學生無法解釋，再由教師說明講解重點生詞。提問時可設定數個子題，環繞一個主題帶出生詞。教師也可問學生有沒有哪個生詞有意思或用法上的問題，若有，即協助學生理解。請學生輪流唸課文，以提問或請學生以中文解釋的方式來確定其能了解意思。帶領過課文後再核對是非聽力的答案。帶領學生做課本上的語言點練習題。最後再播放一次錄音，並回答課本上的問題。

｜四字格教學｜

　　給予學生情境，或可跟生活經驗連結的例子，讓學生使用四字格來回答。或是給予補充用法及例句，讓學生更熟悉四字格。

1. 共襄盛舉
   參考提問；什麼樣的事會希望大家來共襄盛舉？
   參考解答：去沙灘淨灘是一件非常有意義的事，我們非常希望愛護環境的人來共襄盛舉，讓我們的環境更美麗。

2. 盛況空前
   參考提問：什麼樣的情形讓你覺得盛況空前？
   參考解答：國慶日當天在廣場上有數十萬人參加國慶遊行，真是盛況空前。

3. 一大突破
   參考提問：在 AI 時代，想想有什麼產品超越以往的重大改變？
   參考解答：在 AI 時代，機器人<妻子>是人類史上的一大突破（學生自由發揮）。

4. 卯足全力
   參考提問：什麼樣的情形會讓你卯足全力？
   參考解答：參加外籍學生演講比賽，大家都卯足全力來爭取冠軍。

5. 水洩不通
   參考提問：什麼樣的情形會把會場擠得水洩不通？
   參考解答：世界盃足球比賽，開幕當天觀眾進場時，把整個足球場擠得水洩不通。

6. 不惜成本
   參考提問：要辦好什麼樣的事會讓你不惜成本？
   參考解答：為了要給親朋好友留下美好的印象，這對新人不惜成本舉辦了一場最豪華的婚禮。

｜個案分析｜

　　以泛讀或以聽力方式，完成個案分析的課前提問。比方說請學生概略說出發生的情況及困境。引導提問，重點在引起學生對展覽展場課題的興趣。

1. 提問：商討如何避免類似這樣的付款糾紛再發生。
   案例：海外參展付款糾紛
   事件背景：國內廠商赴海外參展，結果海外客戶前來展場鬧事，說我方所匯款的帳戶並不是該公司指定的帳戶，害他們到現在都沒有收到我方的付款，要求我方盡

速付款，否則將請求情治單位進行調查或要我參展廠商立刻離境的事件。

| **課室活動**

老師請學生先閱讀展覽檔期表，再根據這張表完成任務。

學生可根據個人的興趣，選擇表中的一項展覽，完成下面的三項任務。

任務 2 的「為期幾天」必須根據檔期表的時間規定，其他的資訊學生可以根據主題，自由發揮。

詞彙補充說明

1. 物聯網：【補充說明】是新一代信息技術的重要組成部分，也是「信息化」時代的重要發展階段。就是："Internet of things (IoT)"。顧名思義，物聯網就是物物相連的網際網路。這有兩層意思：一是物聯網的核心和基礎仍然是網際網路，是在網際網路基礎上的延伸和擴展的網路；二是使用者端延伸和擴展到了任何物品與物品之間，進行信息交換和通信，也就是物物相息。被稱為繼電腦、網際網路之後世界信息產業發展的第三次浪潮。物聯網是網際網路的套用拓展，與其說物聯網是網路，不如說物聯網是業務和套用。因此，套用創新是物聯網發展的核心，以使用者體驗為核心的創新 2.0 是物聯網發展的靈魂。【例】這是一個物聯網時代。

2. 虛擬實境：virtual reality，縮寫 VR。簡稱虛擬技術，也稱虛擬環境，是利用電腦類比產生一個三維空間的虛擬世界，提供使用者關於視覺等感官的類比，讓使用者感覺彷彿身歷其境，可以即時、沒有限制地觀察三維空間內的事物。使用者進行位置移動時，電腦可以立即進行複雜的運算，將精確的三維世界影像傳回產生臨場感。該技術整合了電腦圖形、電腦仿真、人工智慧、感應、顯示及網路並列處理等技術的最新發展成果，是一種由電腦技術輔助生成的高技術類比系統。

3. 擺臭臉：【補充說明】就是不給人家好臉色看。比方說故意不笑、不高興的樣子，也就是拉長臉。【例】你怎麼一不高興就擺著一張臭臉給人看呢？

4. 施工圖：【補充說明】進行工程時所依據的藍圖。【例】工程師手裡拿著施工圖，一邊跟大家說明這棟大樓的施工情形良好，應該可以如期完成。

重要語言點解說

- 語言點 3：「對於…而言，這無疑是…」針對特定的對象或主題來說，無庸置疑的是後面那個正面或負面的事實。

【例】

對於參展廠商而言，參展無疑是推銷自家產品的絕佳舞台。

＝對參展廠商來說，參展肯定是推銷自家產品的絕佳舞台。

- 語言點 4：「為期…，…湧入…，把…擠得水洩不通」是描述擁擠的場景。「為期」是從時間、期限的長短上看，後面接的是期限，指活動的期限。「湧入」是水或物體大量進入。指某處有大量的人進入。「水洩不通」是連水都沒有辦法流通。【補充說明】先說明某一個活動的時間多久，再說參與的人多得不得了。

　　【例】為期十二天的世界大學運動會，閉幕當天台北田徑場湧入了大批的觀眾，把會場擠得水洩不通。

參 練習解答

✏ 課前準備-聽力練習 1

1.F　2.F　3.T　4.T　5.F

✏ 回答問題：請根據對話 1，回答下面問題

1. 德國廠商代表馬克說今年的參展廠商和往年有什麼不同？

　答：今年的參展廠商都想利用大數據分析和物聯網來增加產品的附加價值，和往年有很大的差別。

2. 台灣廠商代表王碩看到了什麼展出讓他大開眼界？

　答：他看到展出的摩托車，騎士只要利用握把上的遙控器，操作智慧型手機的主要功能，就可以立即透過藍芽連結手機和安全帽上的耳機。而汽車有內建臉部辨識功能，讓他大開眼界。

3. 為什麼馬克說參加這種大型的展覽是一門大學問？

　答：因為參加這種大型的展覽，需要長時間的規劃，成本高，攤位的租金、交通費高不說，光是旅館費就讓人吃不消。是在考驗廠商的能力和每一個參展人員的體力、耐力。要如何將參展的價值發揮到極致，這就是一門大學問。

4. 展期大概多久？會場內部的情形怎麼樣？

　答：會場人山人海，為期四天的展期，會場湧入了十多萬來自世界各地的專業人士參觀，買家與參觀者把會場擠得水洩不通。

5. 參展需要花大筆的錢，王碩的看法如何？

答：今年所參展的虛擬實境是大家最關注的新科技，也是消費市場上的重要轉捩點。
值得不惜成本來參展。

語言點 1 練習題（參考答案）

1. …是一大突破，讓人大開眼界
   對保險公司來說，這兩家知名的公司合作是一大突破，資金大，影響力也大，讓人大開眼界。

   (1) 這是醫學界的一大突破，治療的效果讓人大開眼界。
   (2) 對啊！VR 技術帶來的全新體驗是一大突破，讓人大開眼界。

2. （不僅）…不說，光（是）…就…
   是啊！氣死我了，（不僅）手續麻煩不說，光是排隊我就排了快一個鐘頭。

   (1) 欸！不僅馬桶漏水不說，光是客服部電話就打了二十分鐘才打通。
   (2) 不僅品質差不說，客人光是聽到價錢就都打退堂鼓了。
   (3) 是啊！那裡的氣氛怪怪的。不僅同事間勾心鬥角不說，光是看老闆娘的臉色，就覺得煩了。

3. 對於…而言，…無疑是…
   對於員工而言，這無疑是最殘酷的事。

   (1) 對於公司的業務而言，這無疑是最大的致命傷。
   (2) 對於已婚的人而言，這無疑是破壞家庭幸福的開始。
   (3) 對於消費者而言，這無疑是一種欺騙。

4. 為期…，湧入…，把…擠得水洩不通
   為期五天的國際書展，世貿展覽館湧入大批的參觀者，把會場擠得水洩不通。

   (1) 為期三天的元宵節廟會活動，湧入五百多個人，把廟口擠得水洩不通。
   (2) 為期五天的嘉年華會，湧入約兩百萬人，把第一大城市里約的街上擠得水洩不通。

(3) 上個月在歷史博物館舉辦為期一個星期的藝術展，湧入很多參觀的人，把歷史博物館擠得水洩不通。

---

5. 難怪…，非…不可

難怪投資人個個人心惶惶，非急著把股票賣掉不可。

---

(1) 原來是沒達到銷售目標，難怪主管非召開會議調整行銷策略不可。

(2) 難怪老闆這麼堅持，這個工程非大林來做不可。

(3) 就是說啊！難怪很多同事都非常不滿，一有機會就非找他麻煩不可。

📖 課前準備-聽力練習 2

1. F　　2. F　　3. T　　4. T　　5. F

📖 回答問題：請根據對話 2，回答下面問題

1. 張經理為什麼要打電話給李老闆？

答：上個月世貿中心連鎖加盟展，他們的攤位在隔壁。他欣賞李老闆的攤位，不但設計出色，令人耳目一新，而且彰顯了企業文化和產品特色，也充分發揮展、售的功能。很想進一步了解。

2. 為什麼李老闆不親自給張經理說明細節呢？

答：他讓黃經理跟張經理聯絡，因為各種細節黃經理了解得比較清楚。

3. 黃經理是怎麼介紹這家設計公司的？

答：他說那是一家多年的合作廠商，從接洽、規劃細節、實際施工到驗收，是一條龍作業，這家公司不但專業而且也很值得信賴。有需要的話，可以直接跟他們聯絡。

4. 張經理還是不太放心，他問了哪兩個重要的問題？

答：第一個問題是如果在工程進行中，施工和實際有出入，需要修改，設計公司的配合度高不高？另外，萬一需要修改，設計公司會不會拖拖拉拉的，故意拖延工期？還有收費會不會很高？

5. 黃經理怎麼證明那家設計公司是可靠的？

答：因為那家設計公司的知名度很高，客戶遍及海、內外，肯定不會亂砸自己的招牌。

📝 語言點 2 練習題（參考答案）

> 1. 從 A、B、C 到 D，不但…而且…。
> 　不麻煩。只要向航空公司申請借用輪椅，<u>從機場櫃臺報到、託運行李、檢查護照到登機</u>，都
> 有服務人員陪同，<u>不但快速而且方便</u>。

(1) <u>那家飯店很差，從馬桶、水箱、浴室到床單，不但老舊而且骯髒，沒有人還會再去住的。</u>

(2) <u>國際珠寶展的展品從鑽石、寶石、水晶到琥珀，不但都閃閃發亮而且價值連城。</u>

(3) <u>從智慧型手機、平板電腦、電腦遊戲機到配戴裝置，不但款式新而且功能很多。</u>

📝 個案分析（參考答案）

1. 外貿協會展覽處接獲參展廠商電話後，證實是詐騙行為，立即在網上發表聲明，你認為這樣的做法合適嗎？為什麼？
　答：很合適。當外貿協會展覽處接獲參展廠商的電話並證實是詐騙行為後，馬上在網上發表聲明，可避免其他的參展廠商被騙，並提醒大家特別注意。

2. 參展廠商本身應該如何預防詐騙事件？
　答：萬一參展廠商遇到類似狀況，應該要特別謹慎，小心求證，以免被騙。

📝 課室活動（參考答案）

　　11 月 24 到 27 日為期四天的台北茗茶咖啡暨美酒展，由展昭國際企業公司和中華民國貿易經理協會主辦，這次攤位將近有 100 個，規模不小。展覽期間前兩天只歡迎廠商參觀，入場的廠商代表只要攜帶名片或邀請卡就可進場，後兩天開放一般民眾參觀，需購票入場，票價 200 元，而且可憑票根換指定的茗茶、咖啡或美酒一杯。對於參展的廠商而言，那無疑是推銷自家產品的絕佳舞台，也是同業和同業之間互相觀摩與互相學習的好機會。

📝 學生作業簿

一、請將框框中的詞語填入下面的句中，填入代號 a-o 即可

1. f　2. d　3. a　4. h　5. i　6. b　7. g　8. c　9. e　10. j

11. k　12. o　13. l　14. m　15. n

| 二、請將框框中的詞語填入下面的短文中，填入代號 a-f 即可 |

1. c　2. e　3. f　4. d　5. b　6. a

| 三、連連看：文意連結 |

1. E　2. D　3. A　4. B　5. C

| 四、聽力練習 |

1. ①　2. ②　3. ①　4. ③　5. ①

| 聽力文本 |

　　這幾天有幾家台灣國際美容化妝品展參展廠商接到來自「國際展覽會」的業者所發出的刊登廣告索款通知，引起參展廠商的困擾。像大美美容公司收到索款通知後嚇了一跳，因為他們接到「國際展覽會」的信，被問到是否要更新資料或廣告宣傳，於是就回傳資料，沒想到就這樣被認為是簽了廣告合約，得付一千三百美元。對於這件事感到相當不了解也很生氣。

　　像這樣的事接二連三地發生，讓台灣國際美容化妝品展相當困擾並特別聲明：本展與「國際展覽會」的業者沒有任何關係，也沒有委託國內、外任何機構為廠商刊登廣告，要參展廠商小心，以免受騙。台灣國際美容化妝品展表示這次美容化妝品展覽所有通知和公告都是使用展覽公用信箱「ttic@tic.org.tw」、「service@tic.tw」，如果接到的通知或訊息不是來自這兩個信箱，就得小心上當。

肆 教學補充資源

參考網站

1. 介紹 CES

   https://zh.wikipedia.org/zh-tw/%E6%B6%88%E8%B2%BB%E9%9B%BB%E5%
   AD%90%E5%B1%95

   (https://pse.is/LMVC7)

2. 台北世界貿易中心

   http://www.twtc.org.tw/

3. 中華民國對外貿易發展協會

   http://www.taitra.org.tw/%E6%8B%93%E5%B1%95%E5%85%A8%E7%90%83
   %E5%B8%82%E5%A0%B4

   (https://pse.is/MR8MT)

4. 物聯網的意思-華人百科

   https://www.itsfun.com.tw/%E7%89%A9%E8%81%AF%E7%B6%B2/wiki-
   4387235

   (https://pse.is/MBEUW)

LESSON 5

第 5 課
機器人的世界

壹 教學目標

讓學生學會用中文說明自動化對產業的好處
讓學生學會用中文提出自動化生產對員工的威脅
讓學生學會用中文分析產業趨勢
讓學生學會用中文陳述各類住宿型態

貳 教學重點

✎ 教師課前準備工作

　　本課的對話一情境是人類的某些工作逐漸由機器人取代。高廠長與生產課的李課長正在談論添購機器人對產業和員工的影響。

　　教師應具有的先備知識為工業 4.0 並不是以機器人取代人力，而是運用人機協同走向智慧生產。同時在台灣勞動人口數量銳減及年齡層老化的社會中，自動化生產為一種趨勢。

　　本課的對話二情境是無人旅店是背包客旅遊住宿的最佳選擇。台灣也擠進了機器人的世界裡，在中部已經有無人自助旅店，晉升為由機器人來服務，讓消費者大開眼界，從訂房、付款、進門、入住等等各項服務都由機器人代勞，但是公共空間都有監視錄影。如有機會到台中去旅遊，也可以親身體驗一番。

✎ 教學步驟（進行方式）

　　一課上完大約八到十個小時。（視老師的安排和各班的學習情況而定）

暖身

首先花 2 分鐘教學生了解什麼是工業 4.0。

以講解或討論方式談在未來的工廠中，製造端上的每個機器都能夠透過物聯網相互對話，甚至能和上游的供應原料單位資料連結，讓企業團隊成員能夠輕鬆了解原物料供應狀況並即時因應。無論是插單或急單，都能掌握生產線的狀態。好處有降低存貨，縮短客製化產品的交貨時間…等。

課前準備

把五題是非題瀏覽一遍，如遇到生詞簡單講解一下即可。播放音檔，請學生不要看課文，僅根據是非題的文字敘述或做筆記來抓住對話的大意。播放結束以後，檢討是非題的答案，當學生不確定對或錯時，請先擱置不需立刻回答，等上完對話後學生可以自己找出答案。

回答問題

上完課文後，可請學生回家先準備語言點前的五個問題。上課時請學生輪流回答，若學生回答不出來，先提示關鍵詞語，來引導學生抓住正確的訊息；接下來可再進一步要求學生說出完整的句子。

教學重點應該是聽力訓練和口語表達。加強聽力訓練的教學引導。例如，學生課前聽了對話後，先檢驗學生課前準備的部分，如果對於哪個問題有疑問，那麼教師可以就泛聽的技巧給予學生指導。接著才進入課文和生詞。

生詞、課文

請學生跟著老師一起唸詞語表，以提問或請學生以中文解釋的方式來確定其能了解生詞的意思。若學生無法解釋，再由教師說明講解重點生詞。提問時可設定數個子題，環繞一個主題帶出生詞。教師也可問學生有沒有哪個生詞有意思或用法上的問題，若有，即協助學生理解。請學生輪流唸課文，以提問或請學生以中文解釋的方式來確定其能了解意思。帶領過課文後再核對是非聽力的答案。帶領學生做課本上的語言點練習題。最後再播放一次錄音，並回答課本上的問題。

四字格教學

給予學生情境，或可跟生活經驗連結的例子，讓學生使用四字格來回答。或是給予補充用法及例句，讓學生更熟悉四字格。

1. 頭皮發麻

參考提問：什麼樣的事會說讓人頭皮發麻？

參考解答：頭皮發麻形容讓自己害怕或糾結的事情。【例】半夜經過鬼屋沒有不讓人頭皮發麻的。

2. 一手包辦

參考提問：什麼樣的情形會使用一手包辦？

參考解答：李經理那麼能幹，那件事就讓他一手包辦吧。

3. 劉姥姥進大觀園

參考提問：什麼樣的情形會說劉姥姥進大觀園？

參考解答：第一次到大都市去，看到五光十色的夜景，簡直像劉姥姥進大觀園。

4. 面目全非：

【近義詞】體無完膚

【例】他所發表的意見被批評得體無完膚。

【相反詞】完好如初

【例】海邊的旅館在颱風夜被吹得面目全非，但山邊的卻完好如初。

｜個案分析｜

以泛讀或以聽力方式，完成個案分析的課前提問。比方說請學生概略說出發生的情況及困境。引導提問，重點在引起學生對機器人課題的興趣。人工智慧（AI）全面進入人類的生活，各行業正加速導入機器人或自動化系統。老師提問：有哪些行業逐漸以機器人取代人工？大家對機器人女友/男友或妻子/丈夫有什麼看法？提供討論並讓學生自由發揮。

｜課室活動｜

這個部分由教師與學生共同完成：

教師：

首先在課中播放天下雜誌 video，以便進入工廠自動化的氛圍。

https://www.youtube.com/watch?v=m1K0o5OqvHQ

（為什麼你要認識「工業 4.0」？台灣轉型新力量）

再逐漸導入工廠自動化對勞資雙方的影響，資方與勞工都有不少影響。

其次播放音檔。

學生：

1. 先閱讀填寫表單

2. 再粗略聽一次音檔

3. 再聽一次音檔，然後大家一起填寫工廠自動化對勞資雙方的影響

4. 再聽一次音檔，然後大家一起填寫工廠自動化對資方的影響

5. 再聽一次音檔，然後大家一起填寫工廠自動化對勞工的影響

教師再播放一次音檔，與學生討論表單的答案。

詞彙補充說明

1. 膠囊旅館：源自於日本的平價簡易住宿，常常位於繁華市區內，基本上為單人間，很多還附設三溫暖洗浴。不管是錯過末班車或是自助旅行的朋友，都可以省錢，也能確保睡眠時間，而且不需要預約，隨時都可以入住。【例】住過膠囊旅館的人說麻雀雖小可是五臟俱全。

2. 親民：【補充說明】親近民眾，表示一般人也可以接近的。【例】鬧區的那家麵包店的價格親民，難怪生意那麼好。

3. 人工智慧：【補充說明】（英語：Artificial Intelligence，縮寫為 AI）亦稱機器智慧，指由人製造出來的機器所表現出來的智慧。通常人工智慧是指透過普通電腦程式來呈現人類智慧的技術。同時，有些預測則認為人類的無數職業會逐漸被取代。【例】在人工智慧時代，有些人擔心將來會找不到工作。
   （老師可播放 https://www.youtube.com/watch?v=kyJ_jPjnSJU
   AI 機器人狂潮席捲全球 人工智慧時代正式來臨
   前面兩分半的影片，讓學生了解何謂人工智慧）

4. 炒魷魚：【補充說明】被解雇的意思。炒魷魚最早來源是廣東話。原來，廣東菜有一道菜叫「炒魷魚」就是炒魷魚片，當魷魚片熟透時，便會自動捲成一圈的，正好像被開除的員工，把自己的棉被捲起來時的樣子，因為那個年代棉被都要自備，老闆只提供住的地方，不會提供棉被，所以被解雇的時候，當然要捲起自己的棉被。因此，被解雇又叫做「炒魷魚」。【例】只要你認真工作，別擔心會被老闆炒魷魚。

重要語言點解說

- 語言點 3：「為了因應…，…會…」是面對一種狀況，提出解決的方法。前後兩個句子可以調換：先提出解決的方法再說明原委。＝「…會…來因應」。

  【例】
  為了因應時代的改變，我們工廠將來會朝自動化發展來提高生產效率。
  ＝我們工廠將來會朝自動化發展來提高生產效率，來因應時代的改變。

參 練習解答

課前準備-聽力練習 1

1.T　2.T　3.T　4.T　5.F

回答問題：請根據對話 1，回答下面問題

1. 高廠長說什麼樣的工作會由機器人代勞？
   答：他說骯髒、辛苦又單調的工作或是那些粗重的工作，都會由機器人代勞。

2. 李課長擔心工廠購買機器人的話，工廠內部可能會發生什麼狀況？
   答：他擔心會發生（的事情，）比方說有的員工怕會被裁員，這樣的話，可能會引起工廠內部的焦躁、不安，甚至還可能會有員工抗議等問題。

3. 高廠長對生產自動化的態度如何？他怎麼看這個趨勢？
   答：他說在高齡化和少子化的衝擊下，生產自動化是無法抵擋的趨勢，為了因應這個改變，工廠將來會朝自動化發展。如此一來，不但可以準時交貨，還能降低成本，更不必擔心員工罷工的問題。

4. 李課長認為自從生產線裝上機器手臂以後，工廠有什麼改變？
   答：他說我們的食品工廠，從包裝、搬運、裝卸到食品物料的準備等等，幾乎都由機器人一手包辦。甚至連客戶的插單，我們都能準時交貨。效率比以前高得多。

5. 為什麼李課長說在追求利潤的前提下，產業自動化是最佳選擇？
   答：他認為產業自動化除了可降低人員訓練和加班費的問題，也可以避免工廠內部人員偷盜物料等問題，同時還大大降低勞方與資方之間的緊張關係。

語言點 1 練習題（參考答案）

1. 連…都…，可見…，真的…
   聽說連餐廳裡的菜單都有中文翻譯，可見中國觀光客真的很多。

   (1) 當然有啊！連長期接受委託代工都沒問題，可見將來真的有可能進一步發展自有品牌。
   (2) 他們常常連芝麻綠豆的小事都會把對方批評得體無完膚，可見兩人之間的誤會真的很深。

(3) 聽說連裝潢材料的選擇和施工的規劃都由李組長來洽談，可見他的專業能力真的很
　　強。

2. 話是這麼說沒錯，不過…，恐怕…
　　話是這麼說沒錯，不過，這麼一來，恐怕有一些同事會因嫉妒而找他麻煩了。

(1) 話是這麼說沒錯，不過，這麼一來，同事之間恐怕會為了討好李秘書而勾心鬥角。
(2) 話是這麼說沒錯，不過，這麼一來，因為我是臨時人員，恐怕以後在工作上得更小
　　心謹慎了。
(3) 話是這麼說沒錯，不過，這麼一來，恐怕以後的工作量會更多，壓力會更大，員工
　　的流動率也會更高。

3. 為了因應…，…會…
　　為了因應台灣普遍低薪的問題，企業和政府都表示會盡量想辦法解決問題。

(1) 為了因應新員工第一天上班的狀況，我們會盡量加強職前訓練，讓新進員工先實習
　　然後再正式上班。
(2) 為了因應大賣場一再發生的意外事件，我們公司會加強維安人員的巡查和安檢機
　　制，避免意外發生。
(3) 為了因應工廠內部人員偷盜物料的問題，老闆表示會加強檢查員工的包包，並在工
　　廠裡面加裝監視錄影機。

4. …還不只這樣，將來…。相信…會帶來…
　　印尼的年輕勞動力充足，但這個國家的優勢還不只這樣，將來兩國簽約發展合作關係。相信
　　一定會給雙方帶來很多商機。

(1) 公司每年可攜家帶眷的員工旅遊最受歡迎，我們的福利還不只這樣，將來還有分紅
　　與升遷。相信這樣的福利制度會帶來更多的保障。
(2) 機器人對人類的實用價值還不只這樣，將來科技的發展趨勢是人工智慧。相信機器
　　人會帶來更多的商機。
(3) 既然你有購買的意願，老實說我們提供的優惠條件還不只這樣，將來成為老客戶之
　　後，還會免費加贈一個獨立展示架可以擺在店內。相信品牌的魅力會帶來人潮和錢
　　潮。

📝 課前準備-聽力練習 2

1. T　2. T　3. T　4. T　5. F

📝 回答問題：請根據對話 2，回答下面問題

1. 川郎聽喜瑞說今晚要住無人自助旅店，反應怎麼樣？

　　答：他不知道無人自助旅店是什麼樣的旅館，連聽都沒聽過。因此充滿期待也很好奇，迫不及待想看個究竟。

2. 為什麼川郎覺得自己像劉姥姥進了大觀園一樣？

　　答：喜瑞告訴他，一切都是自助式的，入住、訂房完全電腦化，只要在觸控面板上輸入姓名和房間號碼，就完成入住手續了。行李櫃機器人會自動幫忙把行李放進指定的櫃子裡面，既方便又安全。第一次見識到這樣的旅店，覺得一切都很新奇。

3. 什麼樣的旅客喜歡住無人自助旅店？

　　答：背包客應該會喜歡住無人自助旅店，因為雖然沒有奢華的設施，但是價格很親民，而且有舒適的睡眠空間，再加上地點好，很適合背包客。

4. 為什麼無人旅店的價格不會太高？

　　答：因為人事成本比較低，所以相對地價格也不會太高。

5. 無人旅店的空間大不大？喜瑞覺得住起來怎麼樣？

　　答：雖然空間不大，但麻雀雖小，五臟俱全，每間客房都提供無線上網服務，住在裡面有賓至如歸的感受。

📝 語言點 2 練習題（參考答案）

> 1. A 都沒 A 過，更不用說 B 過了。
>
> 什麼？！芝麻也能和綠茶一起做成蛋糕？<u>我聽都沒聽過，更不用說吃過了</u>。

　　⑴ 智慧型掃地機器人<u>我看都沒看過，更不用說使用過了。</u>

　　⑵ 這個地方，<u>我聽都沒聽過，更不用說去過了。當然不知道好不好玩。</u>

　　⑶ <u>無人自助旅店我去都沒去過，更不用說使用過機器辦裡入住手續了。</u>

2. 對…來說，A 是最…不過了。
　　對員工來說，如果這次員工旅遊能攜家帶眷又能全額補助的話是最好不過了。

　　(1) 對一個服務二十年的員工來說，公司無預警的解雇是最殘酷不過了。
　　(2) 對公司來說，如果要省租金，那麼在網路商店銷售是最經濟不過了。
　　(3) 對增加曝光率和拓展市場來說，這次到德國去參加電子展是最理想不過了。

個案分析（參考答案）

1. 你認為老闆解雇那個摧毀機器人的員工，這種做法合理嗎？如果你是老闆，會怎麼做？
　　答：（一）採取最直接的解決方式，因為心疼昂貴的機器人被摧毀，我會先把員工大
　　　　　　　罵一頓，然後把他炒魷魚。
　　　　（二）採取理性冷靜的處理方式，開會說明產業自動化是時代的趨勢，機器人可
　　　　　　　以和人類一起共事，再給摧毀機器人的員工一個小小的警告，避免類似的
　　　　　　　事情再發生。

2. 你對機器人凶殺案這個事件的看法如何？這個員工「殺」機器人的動機為何？
　　答：好像是笑話，其實這是對服務業員工的一大威脅。當顧客一進門，從點餐、帶
　　　　位、端咖啡、送餐等工作都由機器人一手包辦。因為機器人搶了員工的工作，員
　　　　工才會氣得把機器人摧毀掉，他會這麼做，主要的動機是為了要保護自己的工作
　　　　權。

3. 你認為人類和機器人在職場上能和平相處嗎？
　　答：人類與機器人在同一個工作場所工作，當然能「和平相處」。機器人是人類製造
　　　　發明的，掌控權在人類，了解機器人的功能並好好地利用，相得益彰，肯定能事
　　　　半功倍。

課室活動（參考答案）

　　工廠自動化多以自動化設備來取代高危險及單調辛苦的工作。
　　對資方來說不但節省成本而且提高效益。但是對勞工來說，卻會面臨失業的危機。

　　以下從資方和勞方兩方面來說明自動化的影響。
　　對資方而言：
　　第一、可以直接節省人力成本：因為工廠人力結構改變，以前工廠需要大量的人力做基層
操作，而現在則由少數幾位高級工程師就能完成一切設定，因此節省了人力成本。

第二、工廠產品更多樣化：自動化後，可以產出更多<u>種類或款式</u>的產品。

第三、關於產品的穩定性：自動化後，<u>產品品質和生產時間</u>都將更穩定。

相對的，對勞方而言，勞工卻可能面臨失業的危機。尤其是<u>沒有專業、沒有傑出技術的勞工</u>。原本以為有機器人幫忙做事就會變得輕鬆，卻沒想到機器可以做人做的事，勞工害怕將面臨失業。但是機器取代的是勞動而不是工作，將來勞工應該<u>學習人機合作</u>「和機器一起跑」，而不是<u>和機器競爭</u>。只有跟上時代腳步的人才不會被淘汰。

聽力文本：

工廠自動化多以自動化設備來取代高危險及單調辛苦的工作。

對資方來說不但節省成本而且提高效益。但是對勞工來說，卻會面臨失業的危機。

以下從資方和勞方兩方面來說明自動化的影響。

對資方而言：

第一、可以直接節省人力成本：因為工廠人力結構改變，以前工廠需要大量的人力做基層操作，而現在則由少數幾位高級工程師就能完成一切設定，因此節省了人力成本。

第二、工廠產品更多樣化：自動化後，可以產出更多種類或款式的產品。

第三、關於產品的穩定性：自動化後，產品品質和生產時間都將更穩定。

相對的，對勞方而言，勞工卻可能面臨失業的危機。尤其是沒有專業、沒有傑出技術的勞工。原本以為有機器人幫忙做事就會變得輕鬆，卻沒想到機器可以做人做的事，勞工害怕將面臨失業。但是機器取代的是勞動而不是工作，將來勞工應該學習人機合作「和機器一起跑」，而不是和機器競爭。只有跟上時代腳步的人才不會被淘汰。

📖 學生作業簿

│ **一、請將框框中的詞語填入下面的句中，填入代號 a-l 即可** │

1. i 2. d, g 3. h 4. e 5. c 6. k 7. j, f 8. l 9. b 10. a

│ **二、請將框框中的四字格填入下面的句中，填入代號 a-e 即可** │

1. b 2. e 3. a 4. d 5. c

│ **三、請將框框中的四字格填入下面的短文中，填入代號 a-d 即可** │

1. a 2. c 3. d 4. b

四、連連看：文意連結

1. B　2. D　3. A　4. E　5. C

五、閱讀短文並完成下面的問題

1. T　2. T　3. T　4. F　5. F　6. F

肆 教學補充資源

參考網站

提供授課教師可以在課中播放。

1. https://www.youtube.com/watch?v=m1K0o5OqvHQ
（為什麼你要認識「工業 4.0」？台灣轉型新力量）

2. https://www.youtube.com/watch?v=kyJ_jPjnSJU
（AI 機器人狂潮席捲全球 人工智慧時代正式來臨）

LESSON 6

第 6 課
品質認證

壹 教學目標

讓學生學會用中文介紹農產品的生長環境

讓學生學會用中文說明產品的生產履歷

讓學生學會用中文舉出愛護地球的行為實例

讓學生學會用中文說明產品從生產到出口的基本流程

貳 教學重點

教師課前準備工作

本課的對話一情境為日本人一向對台灣的芒果有高度的興趣，這回進口商細川拓也先生親自前來台灣，在台南愛文芒果產銷經理王文生的帶領下參觀果園。芒果銷往日本，是個很大的考驗，除了做好生產履歷，還得使用有機肥料，把關相當嚴謹。

本課的對話二情境是瑞典的客戶布蘭德先生首度來台拜訪。聽完簡報後，由鍾總經理親自陪同，參觀生產洗髮精的企業總部。陪同的還有李廠長及業務部王經理。該公司的產品，都是用歐盟認證及美國認證的有機天然原料製造的。從生產廠房、製造原料、生產過程、物流運送到消費者使用，全部是綠色的，保證安全又不破壞自然生態。

教學步驟（進行方式）

一課上完大約八到十個小時。（視老師的安排和各班的學習情況而定）

暖身（帶出相關生詞）

台灣外銷日本的芒果，外表<u>鮮豔</u>，<u>水分飽滿</u>，<u>口感</u>香甜。<u>並落實生產履歷</u>，品質有保證。

課前準備

把五題是非題瀏覽一遍，如遇到生詞簡單講解一下即可。播放音檔，請學生不要看課文，僅根據是非題的文字敘述或做筆記來抓住對話的大意。播放結束以後，檢討是非題的答案，當學生不確定對或錯時，請先擱置不需立刻回答，等上完對話後學生可以自己找出答案。

回答問題

上完課文後，可請學生回家先準備語言點前的五個問題。上課時請學生輪流回答，若學生回答不出來，先提示關鍵詞語，來引導學生抓住正確的訊息；接下來可再進一步要求學生說出完整的句子。

教學重點應該是聽力訓練和口語表達。加強聽力訓練的教學引導。例如，學生課前聽了對話後，先檢驗學生課前準備的部分，如果對於哪個問題有疑問，那麼教師可以就泛聽的技巧給予學生指導。接著才進入課文和生詞。

生詞、課文

請學生跟著老師一起唸詞語表，以提問或請學生以中文解釋的方式來確定其能了解生詞的意思。若學生無法解釋，再由教師說明講解重點生詞。提問時可設定數個子題，環繞一個主題帶出生詞。教師也可問學生有沒有哪個生詞有意思或用法上的問題，若有，即協助學生理解。請學生輪流唸課文，以提問或請學生以中文解釋的方式來確定其能了解意思。帶領過課文後再核對是非聽力的答案。帶領學生做課本上的語言點練習題。最後再播放一次錄音，並回答課本上的問題。

四字格教學

給予學生情境，或可跟生活經驗連結的例子，讓學生使用四字格來回答。或是給予補充用法及例句，讓學生更熟悉四字格。

1. 大駕光臨

   參考提問：什麼樣的情形會說大駕光臨？

   參考解答：當有賓客來時，常說的一句客套話。歡迎您大駕光臨或歡迎大駕光臨。

2. 不虛此行

   參考提問：什麼樣的情形會說不虛此行？

   參考解答：我聽了一場有關 AI 的演講，收穫很多，真的是不虛此行。

3. 有伯樂才有千里馬

伯樂：孫陽。春秋時人，擅長相馬（現指能夠發現人才的人）。千里馬：原指善跑的馬，可以日行千里。現在常用來比喻人才；特指有才華的人。世界上先有伯樂，然後才有千里馬。千里馬經常有，但是伯樂不常有。所以即使有名貴的馬，卻沒有伯樂，那麼千里馬也跟普通的馬一樣，才華不會被發現。

4. 入寶山而空手回

參考提問：什麼樣的情形會說入寶山而空手回？

參考解答：寶山是聚藏寶物的山。進入滿藏寶物的山間卻空手回來。比喻雖然遇到很好的機會，卻毫無所得。

我這次參觀電腦展售會，怎麼可能會入寶山而空手回？一定要選購喜歡的商品。

│個案分析│

聽力

1. 請老師先教學生此段的生詞與四字格及熟語

2. 播放音檔

案例 1.神奇照相機事件，聽完後先填寫下面的表格，然後回答下面的問題。

案例 2.滿臉痘痘事件。進行方式與案例 1 相同。

│課室活動│

第一部分走訪市場

老師介紹市面上的商品種類相當多，但因品質有些差異而分類。

課前請學生走一趟市場，找好資料後回學校，按照課本上的指示上台口頭報告。

第二部分角色扮演

把學生分為兩人一組，利用課本所列的生詞和語法進行角色扮演。

詞彙補充說明

1. 生產履歷：【補充說明】「生產履歷」從農場到餐桌之間的記錄過程。也就是商品或作物從生產，銷貨至消費者手中都有可追蹤的紀錄。就農產食品而言，是追蹤農產品的生產至末端銷售完成的履歷過程。從食品生產、處理加工到流通販售整個過程的各階段，讓消費者了解消費者和供應商之雙向流通鏈所建立的食品可追蹤系統，包括農產的生產者、負責集貨與分級的集貨社場、物流流通業者及行銷通路（超市、量販、批發市場等）等過程。【例】有了生產履歷，消費者才能買得安心，吃得放心。

2. 共生：【補充說明】字面意義就是「共同」和「生活」，這是兩生物體之間生活在一起的交互作用，甚至包含不相似的生物體之間的吞噬行為。比較大的通常被用來指共生關係中較大的成員，較小者稱為「共生體」。而建築與植物共生，強調人類、環境與植物的關係，強調生態的概念，整座綠建築就像會呼吸的生命一樣，調節室內溫度、濕度與光源控制，讓熱帶、亞熱帶、溫帶、高山植物能共存其中。

3. 太陽能發電：【補充說明】這是一種可再生的能源，太陽能資源豐富而且不需要運輸，對環境汙染低，太陽能為人類的生活創造出一種新的生活型態，使人類進入一個節約能源減少汙染的時代。

重要語言點解說

- 語言點 1：「歡迎…大駕光臨。…，由…帶…參觀…」
  功能：用來歡迎賓客，並介紹誰來帶領大家參觀。
  可用歡迎您，歡迎各位，歡迎大家，歡迎各位貴賓…等。

  【例】
  歡迎各位大駕光臨，這是董事長和副總，現在由黃經理帶各位參觀新大樓。
  歡迎大家大駕光臨。這是廠長，現在由副廠長帶大家參觀生產部。
  歡迎各位貴賓大駕光臨。這是處長，現在由行銷部主任帶領大家參觀總部。

- 語言點 5：「真的不簡單，我很佩服，…不僅…還…」
  功能：讚美他人，並敘述特徵與事實。
  不簡單的意思，表示稱讚別人有如此的成績是很不容易的，很令人佩服，緊接著描述特色及優良的事蹟。

  【例】真的不簡單，我很佩服，你們業務部不僅有這麼好的業績，還破了去年的紀錄。

參 練習解答

課前準備-聽力練習 1

1. T　2. F　3. T　4. T　5. F

📝 回答問題：請根據對話 1，回答下面問題

1. 王經理說這片山坡地果園有什麼特色？
    答：他說這一片山坡地果園，環境好，種出來的芒果最香甜。

2. 王經理說這片山坡地所產的芒果有什麼特色？
    答：他說這裡所產的芒果，外表鮮豔，水分飽滿，口感香甜。

3. 王經理給細川先生介紹每個芒果上面都有標籤，可以透過網路查詢到什麼資料？
    答：他說芒果上都貼有標籤，可以透過網路查詢到果園的園主、果園的編號和相關資料。

4. 芒果的吃法有很多種，細川先生喜歡什麼吃法？
    答：芒果切片或芒果冰沙。因為他說在炎熱的夏天，來一盤冰涼的芒果切片或來一杯消暑的芒果冰沙，讓他感覺很幸福。

5. 參觀果園以後，他們還要去哪裡？在那裡可以看到什麼？
    答：離開果園以後，他們坐車去參觀檢驗室，在那裡有完善的檢疫服務，還有分級處理、包裝加工、倉儲與管理、物流與運輸等等。

📝 課前準備-聽力練習 2

1. T　　2. F　　3. T　　4. T　　5. F

📝 回答問題：請根據對話 2，回答下面問題

1. 李廠長怎麼介紹那棟綠建築？
    答：他說這棟建築最大的特色就是和綠色植物共生，而且有低碳建築認證，屋頂是採用太陽能發電，生產過程是零汙染的。

2. 看到綠建築之後，布蘭德先生的反應如何？
    答：這真的是幸福的企業，給員工提供這麼乾淨、健康、舒適的工作環境。也難怪公司能生產出品質高而且又符合歐美環保要求的洗髮精。

3. 王經理怎麼介紹自家的產品？
    答：他說他們公司所推出的產品，都是用歐盟認證及美國有機認證的有機天然原料製造的。凡是對人體有害的致癌物質，一律不添加，保證安全又不會破壞自然生態。

4. 王經理他們的產品如何打破傳統的生產模式？

答：他說這一瓶洗髮精不只成分天然，瓶身也是超環保。使用完了以後，埋在土裡可
完全分解；瓶子底部有兩顆咖啡豆，種到土中能再長成咖啡樹，從產品的生產到
消費者使用成為完整的循環，徹底打破傳統的生產模式。

5. 布蘭德先生這一趟來台，滿意嗎？會不會購買產品回國？

答：很滿意。他看上了產品絕不會入寶山而空手回，再說產品自然、安全又環保，他
一直誇這種產品很值得推薦。

語言點練習題（參考答案）

1. 歡迎…大駕光臨。…，由…帶…參觀…
參觀有機青菜菜園
歡迎各位大駕光臨。這是園主黃先生，那麼就由園主黃先生帶各位慢慢參觀這一片有機青菜
的菜園。

(1) 參觀葡萄酒廠
歡迎你們大駕光臨。這是林副廠長。我們堅持使用最高品質且新鮮的葡萄，以及最
嚴謹的製酒態度，做出美味純淨的葡萄酒。現在就由林副廠長帶著大家參觀我們的
酒廠。

(2) 參觀鳳梨酥觀光工廠
歡迎各位大駕光臨。這是李主任，那麼等一下由李主任帶著大家參觀鳳梨酥觀光工
廠。廠內還有互動體驗區，各位不但可以參觀製造流程，還能親手做鳳梨酥。

(3) 參觀台電公司
歡迎你們大駕光臨。這是志工王大通先生。為了讓社會大眾了解發電之必要性與安
全性，等一下由王先生帶著大家參觀台電公司。

2. …最大的特色就是…
芒果冰沙綿密香甜，最大的特色就是吃在嘴裡有一種說不出來的幸福感。

(1) 這次的消費性電子展最大的特色就是尖端技術平價化，展出讓一般消費者也買得起
的高科技產品。

(2) 這個市集最大的特色就是只賣有機蔬果，而且產品都通過生產履歷認證，品質優良
可靠。

(3) 我們的產品外觀和設計都是符合現代潮流的，最大的特色就是物美價廉。

3. 這真的是…，難怪…

這真的是適合茶葉生長的環境，難怪能生產出這麼好喝的烏龍茶。

(1) 這真的是最好吃的拉麵，難怪有那麼多人排隊。

(2) 這真的是最充實/能實際應用的行銷課程，難怪選這門課的學生這麼多。

4. 凡是…，一律…

為了獎勵員工，凡是參加旅遊的員工眷屬，一律全額補助。

(1) 凡是不配合加班的員工，一律調職或轉到關係企業，對這項新規定 大家都很不滿。

(2) 凡是新進員工，一律得接受為期兩個月的職前訓練，才有辦法在第一時間回覆顧客的問題。

(3) 凡是出口的水果，一律都有「生產履歷紀錄」，這樣消費者才可以放心購買。

5. 真的不簡單，我很佩服，…不僅…還…

真的不簡單，我很佩服，越南 產 這十年來成長 2.5 倍，不僅是全球產 成長最快的國家，還給越南帶來經濟競爭力。

(1) 真的不簡單，我很佩服，他們拍微電影宣傳，不僅增加政黨的能見度，還提高自己的知名度。

(2) 真的不簡單，我很佩服，他們不僅在網路銷售，還舉辦假日市集。

(3) 真的不簡單，我很佩服，黃波不僅捐錢蓋廟，還捐錢給圖書館。

個案分析（參考答案）

案例 1. 神奇照相機事件

一、聽完後請填寫

事由	王美美的兌換資格被取消
品質瑕疵	（　✓　）服務品質 （　　）商品品質
新奇公司堅持取消的原因	王美美未填寫聯絡電話造成資料不齊全。

| 王美美不愉快的原因 | 該公司並未將聯絡電話列入必須填寫資料欄，僅視為自由填寫欄。 |
| 王美美希望解決的辦法 | 既已經依規定填妥資料，該公司就有義務依廣告承諾贈送贈品。 |

二、回答問題

　　1. 王美美在這次事件中最大的損失是什麼？
　　　王美美在這次事件中最大的損失是第六項。
　　　六、若需提供身分證影本，應在上面註明僅供某種用途使用

　　2. 王美美應該採取什麼樣的行動？
　　　王美美應該再跟新奇公司溝通，若是該公司仍堅持己見，王美美可向相關單位提出申訴，若是不採取任何行動的話就自認倒楣。

案例 2. 滿臉痘痘事件

一、聽完後請填寫

事由	李明香臉上的痘痘在使用過美容中心的產品後更加嚴重
品質瑕疵	（　√　）服務品質 （　√　）商品品質
李小姐為什麼氣哭了？	她使用了一個月的產品，臉上的痘痘不但沒有消失，反而更加嚴重，臉變得更紅而且長滿大痘痘。美容中心又拒絕退錢或換化妝品。
生豔美容中心能提供什麼幫助？	美容中心表示可以幫忙檢查臉部狀況，如果需要接受治療的話得另外再付費。

二、回答問題

　　1. 李明香在這次事件中最大的損失是什麼？
　　　李明香在這次事件中最大的損失是第一、二項。
　　　一、不買標示不清的商品
　　　二、小心商業廣告手法，以免掉進消費陷阱
　　　她花大錢購買的產品，使用後一肚子氣，因為商品的標示不清楚還有服務態度不佳。

2. 李明香應該採取什麼樣的行動？

　　這個產品，不論品質、價格、效果都與當初在廣告上所得到的資訊差很多，李明香因為信賴不實廣告而造成損害，應該向經營者請求損害賠償。

｜聽力文本｜

案例 1. 神奇照相機事件

　　新奇公司在報紙上刊登「神奇照相機」的折價券兌換活動，王美美就按照活動辦法：填寫完整資料，包括姓名、身分證字號、地址等資料，寄上資料與身分證影本。沒想到活動結束後，該公司以王美美未填寫聯絡電話造成資料不齊全為由，取消她的兌換資格。怎麼辦？

案例 2. 滿臉痘痘事件

　　李明香小姐最近臉上一直長痘痘，有一天她看見生豔美容中心的產品廣告，說一週就有效果，臉上痘痘全消失，李小姐看了很心動，於是馬上付了錢買那瓶產品，用了一個月，臉上的痘痘並沒有因為花了大錢而消失，反而更加嚴重，臉不但變得更紅，而且長滿大痘痘。這個產品不論品質、價格、效果都與當初在廣告上所得到的資訊差很多。李小姐氣哭了，要美容中心退錢或換化妝品，但被拒絕了，不過美容中心表示可以幫忙檢查臉部狀況，如果需要接受治療的話，得另外再付費。怎麼辦？

課室活動（參考答案）

水果批發市場的業務

　　大家看，今天這一批葡萄每一顆看起來都一樣大，而且口感很好。這批葡萄最大的特色就是外觀鮮豔，水分飽滿，咬一口汁都快要噴出來了，你們看還附檢疫認證報告。我們不但做好這些葡萄的生產履歷，而且還一律都使用有機肥料，完全沒有致癌的農藥殘留，把關相當嚴謹。大家可以透過網路查詢葡萄的相關資料。這樣我們大家就買得放心，吃得更安心了。

　　除此以外，我們也通過農委會各項抽驗，完全符合標準。雖然這不是外銷的水果，但是做得跟外銷一樣，真的不簡單，我很佩服果農，不僅用心種葡萄，還為消費者設想得很周到。

　　今天我能有機會為大家說明，感到非常榮幸，像這樣的機會非常難得，在場的各位，買到就是賺到。

學生作業簿

│一、請將框框中的詞語填入下面的句中，填入代號 a-n 即可│

1. b　2. f　3. d　4. h　5. c　6. e　7. g　8. i　9. a　10. j

11. l　12. n　13. m　14. k

│二、請將框框中的詞語填入下面的短文中，填入代號 a-d 即可│

1. a　2. c　3. d　4. b

│三、連連看：文意連結│

1. C　2. A　3. E　4. B　5. D

│四、閱讀短文並完成下面的問題│

1. T　2. T　3. F　4. F　5. T

肆 教學補充資源

參考網站

提供授課教師參考。

1. http://taft.coa.gov.tw/ct.asp?xItem=3001&CtNode=269&role=C
   (https://pse.is/M6Z7V)
   產銷履歷農產品資訊網。

2. http://blog.udn.com/lotos802/5132401
   認識綠色洗髮精有助於具體了解什麼是綠色產品。

LESSON 7

第 7 課
原物料漲價了

壹 教學目標

讓學生學會用中文報告市場上原料價格的變化情況

讓學生學會用中文說明市場需求及公司因應

讓學生學會用中文比較分析今昔狀況的差異

讓學生學會用中文分析事理爭取對方支持自己

貳 教學重點

教師課前準備工作

本課的對話一情境是在電動車製造廠的零件採購部副總辦公室裡，江機要秘書正跟沈副總報告市場上原物料價格上漲的事；另一方面，公司裡的鋰電池庫存量不多，需要緊急補貨。

教師應具有的先備知識是認識特斯拉電動車，做為啟動本課的鎖匙。

本課的對話二情境是水產公司陳經理與人稱李老大的石斑魚養殖戶正在談論收購魚貨的事，但是，前年那件不愉快的往事讓李老大耿耿於懷，到現在心裡還是覺得很不開心。石斑魚養殖戶也因為一尾魚苗要價一百四左右，再加上養殖需要一年的時間，還有飼料成本提高，再加上其他原物料上漲，承受不少壓力。

教學步驟（進行方式）

一課上完大約八到十個小時。（視老師的安排和各班的學習情況而定）

| 暖身（提問並帶出相關生詞） |

課前請學生各自觀看 youtube：特斯拉電動車（國家地理雜誌）。

討論：

電動車的特性？為什麼電動車受歡迎？為什麼是汽車市場的新寵兒？

以講解或討論方式認識電動車，不僅外型酷、炫、拉風，而且又環保，不會增加溫室氣體排放量，商機龐大。

| 課前準備 |

把五題是非題瀏覽一遍，如遇到生詞簡單講解一下即可。播放音檔，請學生不要看課文，僅根據是非題的文字敘述或做筆記來抓住對話的大意。播放結束以後，檢討是非題的答案，當學生不確定對或錯時，請先擱置不需立刻回答，等上完對話後學生可以自己找出答案。

| 回答問題 |

上完課文後，可請學生回家先準備語言點前的五個問題。上課時請學生輪流回答，若學生回答不出來，先提示關鍵詞語，來引導學生抓住正確的訊息；接下來可再進一步要求學生說出完整的句子。

教學重點應該是聽力訓練和口語表達。加強聽力訓練的教學引導。例如，學生課前聽了對話後，先檢驗學生課前準備的部分，如果對於哪個問題有疑問，那麼教師可以就泛聽的技巧給予學生指導。接著才進入課文和生詞。

| 生詞、課文 |

請學生跟著老師一起唸詞語表，以提問或請學生以中文解釋的方式來確定其能了解生詞的意思。若學生無法解釋，再由教師說明講解重點生詞。提問時可設定數個子題，環繞一個主題帶出生詞。教師也可問學生有沒有哪個生詞有意思或用法上的問題，若有，即協助學生理解。請學生輪流唸課文，以提問或請學生以中文解釋的方式來確定其能了解意思。帶領過課文後再核對是非聽力的答案。帶領學生做課本上的語言點練習題。最後再播放一次錄音，並回答課本上的問題。

| 四字格教學 |

給予學生情境，或可跟生活經驗連結的例子，讓學生使用四字格來回答。或是給予補充用法及例句，讓學生更熟悉四字格。

1. 水漲船高：比喻人或事物，隨著憑藉者的地位提升而升高。

　　參考提問：什麼樣的情形會說水漲船高？

　　參考解答：這一區建了大型的購物中心，這附近的房價也跟著水漲船高。

2. 當務之急：是當前最迫切需要處理的事。

    參考提問：什麼樣的情形會使用當務之急？

    參考解答：為了要加強國家的國際競爭力，提升學生外語能力是當務之急。

3. 居高不下：指的是價格、數字等持續在高位而不下跌。

    參考提問：什麼樣的事會使用居高不下？

    參考解答：國際黃金價格居高不下，投資人得特別謹慎。

4. 集思廣益：是集合眾人的見解，以獲得更大的效益。

    參考提問：什麼樣的事或情形會使用集思廣益？

    參考解答：現在碰到了困難，希望大家能集思廣益，一起克服困難。

｜個案分析｜

以泛讀或以聽力方式，完成個案分析的課前提問。比方說請學生概略說出發生的情況及困境。引導討論，重點在引起學生對本課題的興趣。

引用網友對鍋貼水餃專賣店漲價不滿的留言：

留言 1：之前高麗菜高價，有理由漲價，現在高麗菜跌價了，但水餃卻不降價，漲價不缺理由，降價門兒都沒有？簡單的抗議就是不要去消費！不吃我也不會餓死！

留言 2：根本就是藉機漲價，以後不吃了。

留言 3：我看到「人事成本不會調整，薪水也不漲，只有漲物價」，還滿好笑的。

大家討論是否贊同網友的留言及做法。

｜課室活動｜

老師先說明：買賣雙方立場不同。

              賣方因為以前的交易有不愉快的經驗而耿耿於懷，

              買方急著要買大量的芒果，甚至要買下果園裡全部的芒果。

然後再以角色扮演方式進行：賣方是芒果農老李，買方是水果大盤商張先生。

進行方式：買方和賣方進行協商。

📝 詞彙補充說明

1. 銅箔基板：【補充說明】（Copper Clad Laminate，簡稱 CCL）為製造印刷電路板的關鍵性基礎材料。利用絕緣紙、玻璃纖維布或其它纖維材料，經樹脂浸之後，所得的黏合片與銅箔疊在一起，在高溫高壓下成形的積層板。

2. 溫室氣體：【補充說明】（Greenhouse Gas, GHG）或稱溫室效應氣體，是指大氣中促成溫室效應的氣體成分。自然溫室氣體包括二氧化碳（CO_2），其他還有臭氧（O_3）、甲烷（CH_4）、氧化亞氮（N_2O）以及人造溫室氣體氫氟碳化物等。

3. 石斑魚（英語：Grouper）：不少老饕到餐廳喜歡品嚐石斑魚，因為這種魚有豐富的魚皮膠質，魚肉甜美，是饕客最愛。有許多漁農養殖，外銷總值很高，曾經是台灣之光，但這幾年石斑魚出口值滑落 20 多億元，讓漁民心痛。

4. 老婆大人：老婆就是妻子，即太太的意思，大人是對德行高或地位高的人的稱呼。老婆大人這種稱呼只是一個帶著玩笑色彩的暱稱，表示在家老婆最大。稱老婆和老婆大人的區別是開玩笑地表示太太比先生的地位高，就叫老婆大人。【例 1】下個週末我要陪老婆大人逛街購物，得取消和朋友打高爾夫球的行程。【例 2】親愛的老婆大人，真對不起，千錯萬錯都是我的錯。

5. 消保處：行政院消費者保護處，簡稱消保處，1994 年 7 月 1 日成立時為「行政院消費者保護委員會」，是中華民國行政院院本部單位，專責政策之研訂審議及協調推動、《消費者保護法》之解釋及研修、重大消費事件之協調處理等消費者權益保護事項。

6. 喝咖啡：指的是協助調查的意思。來源：廉政公署 ICAC（Independent Commission Against Corruption）是香港一個打擊犯罪的執法機構，在查案時，經常會請嫌疑人到公署喝咖啡以協助調查。因此，廉署請「喝咖啡」便成為協助調查的代名詞。

重要語言點解說

- 語言點 6：「說真的，…不是不…，而是…」用來說明不做某件事的真正理由。坦白地表明不是前面這個理由，後面才是真正的原因。

  【例】慶正：妳不是說特斯拉電動車酷又拉風，妳怎麼不買呢？
  　　　永華：說真的，我不是不買，而是擔心我那個十六歲的兒子會偷開我的車。

參 練習解答

課前準備-聽力練習 1

1. F　2. F　3. T　4. F　5. T

📖 回答問題：請根據對話 1，回答下面問題

1. 機要秘書跟副總報告什麼事？
   答：江機要秘書跟副總報告原物料漲價的事，因為受到市場搶料和原料大漲的雙重影響，全球最大的銅箔基板龍頭同白集團，已經宣布從下個月起全面漲價兩成。再加上，上游材料價格也漲了。同時，國內的供應商也正在醞釀跟進。

2. 關於補貨，機要秘書向副總建議先觀望一下，副總怎麼回應？
   答：現在鋰電池庫存吃緊，需要補貨。全球都提倡節能環保，電動車市場的前景無庸置疑，副總預測將來還會出現爆發性的成長，為了不影響生產進度，補貨是當務之急。

3. 副總對電動車有什麼正面的評價？
   答：電動車是汽車業的新寵兒，不僅外型酷、炫、拉風，而且又環保，也不會製造溫室氣體，商機龐大。

4. 公司要緊急召開會議，機要秘書得準備什麼資料？
   答：她得準備會議所需的資料，例如準備上游原料供應廠商的報價資料、供應廠商報價單、市場訪價結果和成本計價統計表等。

5. 除了採購部門的資料以外，副總還需要什麼資料？
   答：副總還需要生產線的生產排程表、倉庫的鋰電池相關用料預估跟實際庫存數量等資料。

📖 語言點 1 練習題（參考答案）

1. 因為受到…影響，再加上…，您看我們是否…
   因為受到經濟不景氣的影響，再加上裁員的壓力，今年的員工旅遊，您看我們是否要暫時延後？

   (1) 因為受到業績下滑的影響，再加上這一年來，小家電用品庫存量持續增加，您看我們是否要降價促銷？
   (2) 因為受到各國經濟不景氣的影響，再加上全球性的金融危機，您看我們是否要取消這次的投資案？

2. 隨著 A，恐怕 B

　隨著手機市場逐漸飽和，各手機廠商紛紛降價銷售，未來的手機市場恐怕沒什麼利潤。

(1) 隨著訂單的減少，勞方和資方的關係也越來越緊張，恐怕會有被裁員的危機。

(2) 隨著景氣不好，我們的業績也越來越差，今年的分紅恐怕會變少。

3. …只是沒想到…，非…不可。

　公司的股票會下跌的事早已聽說，只是沒想到跌幅這麼大，現在我們非趕快想辦法因應不可。

(1) 聽說公司的人事會有改變，只是沒想到人事命令來得這麼突然，我們非找主管問清楚不可。

(2) 最近得出國洽談國際合作的案子，總經理卻生病了，只是沒想到他病得這麼嚴重，非馬上找代理人不可。

(3) 我們都是按照標準作業流程，只是沒想到機器突然動不了，這下子非請原廠緊急修理不可。

課前準備-聽力練習 2

1. F　2. F　3. T　4. F　5. T

回答問題：請根據對話 2，回答下面問題

1. 陳經理要跟李老大買魚，為什麼李老大會欲哭無淚呢？

　答：李老大想起前年的石斑魚價格跌破成本價，身為養殖戶的李老大，心還在滴血，一聽到買魚就有欲哭無淚的感覺。

2. 陳經理如何分析並具體說明當時和現在石斑魚的情形？

　答：陳經理說此一時，彼一時。當時是石斑魚的養殖高峰期，產量大增，市場飽和，當然行情就疲軟。目前大陸天氣轉涼、溫度降低，石斑魚生長速度慢。再加上前陣子寒流影響，石斑魚都不吃東西，所以長得不夠大。而夏天飼養的那些可以上市的魚，也抓得差不多了，導致市場供不應求，所以現在價格已經上漲了。

3. 李老大的心情是不是隨著石斑魚的價錢漲跌而改變？為什麼？

　答：是隨著價錢的漲跌而改變。因為當年石斑魚的鼎盛時期，每台斤最高賣到五百多

元，平均價格也有二百多元到三百元。後來開始走下坡，還一路跌下去，跌到李老大的心都快要碎了。

4. 陳經理怎麼拜託李老大一定得忍痛割愛？
　　答：陳經理勸李老大不要一直談過去的事，一切要向前看。目前大陸下單搶台灣石斑魚，現在他到處拜託養殖戶出貨，沒想到大家都跟李老大一樣，認為價格還會上漲而不想賣。陳經理接到訂單竟然湊不到足額的石斑魚，所以就來拜託李老大一定要忍痛割愛。

5. 最後陳經理怎麼勸李老大要把握機會？
　　答：陳經理跟李老大說，誰都想等最好的價錢，多賺一些。但，話說回來，該出手就出手，如果選擇要囤貨，多少也有賣不掉的風險。他勸李老大別錯過大好時機，免得以後後悔。

📝 語言點 2 練習題（參考答案）

1. 此一時，彼一時。當時…，現在…。
此一時，彼一時。當時我的行銷提案被批評得體無完膚，我還差一點丟了工作，現在績效評估出來了，證明那是銷售轉機的最佳提案。

　(1) 此一時，彼一時。當時公司財務困難，現在公司營運佳，福利好。
　(2) 此一時，彼一時。當時廠長購買第一個機器人，員工都反對，現在花力氣的工作都依靠機器人。
　(3) 此一時，彼一時。當時沒人願意入住，現在這家無人旅店很受歡迎。

2. 這是難得的大好時機，你還在（堅持/擔心/猶豫/想/考慮…）什麼？
這是難得的大好時機，你還在考慮什麼？

　(1) 這是難得的大好時機，你還在想什麼？
　(2) 這是難得的大好時機，你還在擔心什麼？
　(3) 這是難得的大好時機，你還在猶豫什麼？

3. 說真的，…不是不…，而是…
說真的，長灘島的陽光沙灘和美食都很迷人，我不是不想去，而是這次員工旅遊的補助額度太低，我負擔不起。

⑴ 說真的，那個櫃臺人員的工作能力是不錯，我不是不幫她加薪，而是她喜歡在雞蛋裡挑骨頭，專挑別人問題，影響團隊的工作效率。

⑵ 說真的，他在網站上的示範教學的確不怎麼受歡迎，我不是不給他建議，而是他不接受別人的意見。

⑶ 說真的，技能教育平台上的老師真的很專業，我不是不去報名，而是收費太高了。

🗔 個案分析（參考答案）

1. 請參考上面的分析圖表，鍋貼水餃專賣店和滷肉飯專賣店的漲價幅度是否合理？並說明理由。

　　答：新勞工工時政策（一例一休）影響人事成本。一般來說餐飲業包括鍋貼水餃店和賣滷肉飯店等行業需要很密集的勞力，因此所受的影響也比較大。從分析圖來看前年的獲利為 13.8%，但是新的勞工工時政策實施後會增加 6.32% 的人事成本，的確使獲利減少將近五成，難怪鍋貼水餃店和滷肉飯店都漲價，至於漲價幅度好像高了一點。但是小吃店都是銅板價，也許這種漲價幅度，在結帳找錢的時候，比較好算也比較方便。

2. 這些大型的加盟連鎖店業者，包括鍋貼水餃專賣店、滷肉飯專賣店業者，在和政府部門「喝咖啡」時，應該如何說明漲價的原因？

　　答：這是自由經濟時代，商品的價格會隨著市場的需求而改變，由於政府新的勞工工時政策實施後，造成業者人事成本增加，因此反映在商品的價格上。漲價的理由就是反映人事成本。

🗔 課室活動（參考答案）

大盤商張先生：老李，最近有不少中國的訂單，芒果價格現在翻揚一成多。你看，能賣給我多少量？

芒果農　老李：我也沒有多少。想起前年的芒果價格跌破成本價，我們這些果農的心還在滴血，像那種時候，真叫人欲哭無淚。

大盤商張先生：話是這麼說沒錯，此一時，彼一時。當時是芒果的盛產期，產量大增，市場飽和，當然行情就疲軟。現在市場供不應求，所以價格已經上漲了。

芒果農　老李：我認為還有上漲的空間。雖然芒果以銷中國為主，但是我還是抱著「惜售」的態度，讓大陸商人想買也買不到。

大盤商張先生：前年大家都面臨產量過剩的窘境，你怎麼還在記仇呢？你知道嗎？他們現在有很多水果商都紛紛向台灣下單，現在大家都在「搶貨」，台灣芒果身價，也水漲船高。這是難得的大好時機，你還在堅持什麼？

芒果農　老李：當年芒果的鼎盛時期，每台斤最高賣到五百多元，平均價格也有二百多元

到三百元。後來開始走下坡，還一路跌下去，跌到我的心都快要碎了。

大盤商張先生：那也沒有辦法啊！不要一直談過去的事，一切要向前看。大陸下單搶台灣芒果，我們每星期要出貨二、三十萬噸，現在我到處拜託果農出貨，沒想到大家都跟你一樣，認為價格還會上漲而不想賣。我接到訂單竟然湊不到足額的芒果，唉！今天就算我來拜託你忍痛割愛啦！

芒果農　老李：你們就只知道接單，你看現在火燒眉毛了。不過，你也要替我們這些果農想一想，還有肥料成本提高，照顧一棵芒果樹需要很長的時間，再加上原物料頻頻上漲，交易價格相對地應該提高。說真的，你出這樣的價錢，我不是不賣，而是不甘心啦！

大盤商張先生：現在大家都在搶芒果。誰都想等最好的價錢，多賺一些。但，話說回來，該出手就出手，如果選擇要囤貨，多少也有賣不掉的風險。我勸你再考慮考慮，別錯過大好時機，那我隨時等你點頭。

芒果農　老李：好啦！好啦！我再跟老婆商量一下，張先生，有空來泡茶喔！

📖 學生作業簿

｜一、請將框框中的詞語填入下面的句中，填入代號 a-l 即可｜

1. e　2. g　3. c　4. d　5. a　6. h　7. f　8. b　9. j　10. l　11. i　12. k

｜二、請將框框中的詞語填入下面的短文中，填入代號 a-e 即可｜

1. c　2. a　3. e　4. b　5. d

｜三、連連看：文意連結｜

1. E　2. C　3. A　4. B　5. D

｜四、閱讀短文並完成下面的問題｜

1. F　2. F　3. T　4. T　5. T

肆 教學補充資源

參考網站

https://zh.wikipedia.org/zh-tw/%E6%B8%A9%E5%AE%A4%E6%B0%94%E4%BD%93
(https://pse.is/KQP3T)

維基百科：溫室氣體

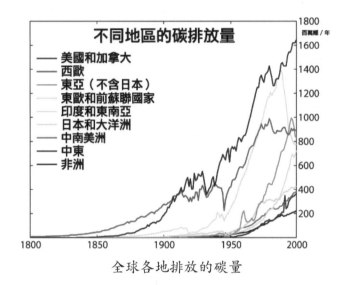

全球各地排放的碳量

LESSON 8

第 8 課
自己當老闆

壹 教學目標

讓學生學會用中文說明自己創業的動機
讓學生學會用中文說明學習創業所需的相關語言
讓學生學會用中文敘述在異國創業時的過程與狀況
讓學生學會用中文以受訪者身分得體地應對媒體

貳 教學重點

✏ 教師課前準備工作

本課的商務情境是自己創業、當老闆。上課前，教師可朝職場創業甘苦談、外國人創業等方向尋找素材。可先看看以下這些文章或影片。

1. soho 創業的十大必備條件 http://big5.58cyjm.com/html/view/11812.shtml

2. 如何獲得和篩選好的創業點子 https://luogicshow.wordpress.com/2017/11/13/%E5%89%B5%E6%A5%AD%E8%80%85%E5%BF%85%E7%9C%8B-%E5%A6%82%E4%BD%95%E7%8D%B2%E5%BE%97%E5%92%8C%E7%AF%A9%E9%81%B8%E5%A5%BD%E7%9A%84%E5%89%B5%E6%A5%AD%E9%BB%9E%E5%AD%90/
(https://pse.is/HG8FK)

3. 年青人創業必賺 9 個方法 https://startupstartuphk.com/2017/08/%E5%B9%B4%E9%9D%92%E4%BA%BA%E5%89%B5%E6%A5%AD%E5%BF%85%E8%B3%BA%E5%80%8B%E6%96%B9%E6%B3%95/
(http://tinyurl.com/y2qdxzpy)

4.只要做對一次：16 個重寫規則、翻轉世界的超級創業家 https://showcha.com/blog/post/458175044

教學步驟（進行方式）

一課上完大約八到十個小時。（視老師的安排和各班的學習情況而定）

暖身（提問並帶出相關生詞）

你有過創業的想法嗎？想做什麼？為什麼想做這個？你認為你會遇到什麼困難？

或你已經有自己的事業了嗎？創業過程中遇到最困難的點是什麼？請與同學分享自己創業的故事。

若想開間民宿，需準備哪些生財器具與設備呢？

若你是設計師，你會怎麼打造自己的房間？如何裝潢？

你認為生意興隆的餐廳，通常具備哪些特色？

在你的國家，創業的條件是什麼？政府對創業者有些什麼補助？

課前準備

把五題是非題瀏覽一遍，如遇到生詞簡單講解一下即可。播放音檔，請學生不要看課文，僅根據是非題的文字敘述或做筆記來抓住對話的大意。播放結束以後，檢討是非題的答案，當學生不確定對或錯時，請先擱置不需立刻回答，等上完對話後學生可以自己找出答案。

回答問題

上完課文後，可請學生回家先準備語言點前的五個問題。上課時請學生輪流回答，若學生回答不出來，先提示關鍵詞語，來引導學生抓住正確的訊息；接下來可再進一步要求學生說出完整的句子。

教學重點應該是聽力訓練和口語表達。加強聽力訓練的教學引導。例如，學生課前聽了對話後，先檢驗學生課前準備的部分，如果對於哪個問題有疑問，那麼教師可以就泛聽的技巧給予學生指導。接著才進入課文和生詞。

生詞、課文

請學生跟著老師一起唸詞語表，以提問或請學生以中文解釋的方式來確定其能了解生詞的意思。若學生無法解釋，再由教師說明講解重點生詞。提問時可設定數個子題，環繞一個主題帶出生詞。教師也可問學生有沒有哪個生詞有意思或用法上的問題，若有，即協助學生理解。請學生輪流唸課文，以提問或請學生以中文解釋的方式來確定其能了解意思。帶領過課文後再核對是非聽力的答案。帶領學生做課本上的語言點練習題。最後再播放一次錄音，並回答課本上的問題。

｜四字格教學｜

　　給予學生情境，或可跟生活經驗連結的例子，讓學生使用四字格來回答。或是給予補充用法及例句，讓學生更熟悉四字格。

　　教師除了帶領課本上的解釋與例句之外，也可以利用四字格進行提問，

　　例如：

　　1. 一技之長：你有什麼一技之長呢？你羨慕別人有哪項一技之長呢？

　　2. 萬事起頭難：你同意萬事起頭難這樣的說法嗎？有什麼經驗？（教師也可舉例：語言學習）

　　3. 以價制量：你同意生意太好時使用以價制量的方法嗎？

　　4. 大排長龍：在你們國家，哪些店常大排長龍呢？

｜個案分析｜

　　以泛讀或以聽力方式完成個案分析。播放錄音前，教師預留時間學生瀏覽一下各個圖示，再提醒學生應注意聽力內容中的人物國籍與職業。

｜課室活動｜

　　教師可先進行分組，以小組方式互相討論。這活動就像是線上虛擬餐廳的遊戲一樣，先給學生時間思考課本上列出的項目，再向同組同學分享自己夢想中的店。

📎 詞彙補充說明

1. 新移民：在台灣，新移民指剛透過通婚方式移居台灣的人士，又稱新住民。大部分是女性，也有外籍配偶的稱呼。

2. 在地：【搭配】在地人、在地美食。

3. 嫁：【用法】女人與男人結婚，反之，男人與女人結婚為「娶」。【例】有些母親擔心自己的女兒學歷或社會地位太高會很難嫁出去。

4. 日前：【用法】前幾天。【例】日前在村中發生的搶劫殺人案，讓大家到現在都還不太敢一個人走在路上。

5. 不分：【搭配】不分你我、好壞不分。

6. 承擔：【搭配】承擔責任、承擔風險、承擔費用。

7. 度過：【搭配】度過難關、度過美好的一天、度過快樂的暑假。

8. 頂讓：【用法】將店面或其他產物讓給別人來經營。【例】若想省下一些創業上的麻煩，在報上看是否有店面要頂讓也是不錯的方式。

9. 能見度：【用法】眼睛能清楚看到的程度。【例】因下大雨能見度低，開車千萬得小心。

10. 過關：【用法】通過考驗或及格了。【例】你所繳的期末報告幾乎是網路上現有的資料，沒什麼自己的看法，恐怕很難過關。

11. 失敗也沒關係：這是一句口號，意思是鼓勵大家創業，不要怕，就算失敗了也沒關係。

📝 重要語言點解說

- 「剛剛看您忙進忙出，處理那麼多雜事真辛苦。」中的「忙進忙出」指人非常繁忙地做事，且空間上，不斷地從 A 處移動到 B 處。例如：為了今晚的年夜飯，媽媽和伯母兩人一整天忙進忙出地準備。另有近義詞：「忙裡忙外」。

- 「的確是萬事起頭難，上軌道後就順利了。」中的「上軌道」指事情已經開始正常而且順利地進行。例如：公司已成立了一年，各方面都差不多已經上軌道了，因此老闆也不像一開始那麼常進辦公室了。

參 練習解答

📝 課前準備-聽力練習

1. T　2. F　3. T　4. T　5. F

📝 回答問題：請根據對話，回答下面問題

1. 節目主持人採訪洪妝的目的是什麼？
　　答：希望她分享自己的故事，另外提供建議給想創業的人。

2. 為什麼洪妝不找份輕鬆的工作？
　　答：因為她沒一技之長，求職常碰壁。

3. 她當初怎麼會選擇餐飲業呢？

　　答：小型餐飲資金需求不高，技術門檻也較低，再加上她思鄉嚴重，想把家鄉的味道帶來給這裡的人。

4. 主持人認為洪妝生意成功的原因是什麼？

　　答：有現成的設備，而且地段好、能見度高、停車方便。

5. 洪妝在創業過程中遇到什麼困難？最後是怎麼解決的？

　　答：到租約即將期滿時，才發現這家店要收回，談了很久才以提高租金的條件續租。另外，一些政府的申請文件和程序法規很複雜、很惱人，最後是委託律師事務所才過關。

語言點練習題（參考答案）

1. 因為⋯的限制，⋯很有限
在台灣因為受到氣候的限制，像雪衣這類的產品，銷售數量很有限。

(1) 王亞成計畫出國旅行，但因為預算的限制，能去的地方很有限。
(2) 這個國家的人因為受到身高的限制，在國際的體育大賽中，所能得獎的項目很有限。
(3) 心潔新交了一個法國男朋友，但因為語言的限制，所以他們聊天的話題很有限。

2. ⋯，然而⋯
文龍是個醫生，然而他自己的身體卻很差，每天都要吃很多藥。

(1) 雖然緊急請媽媽來幫忙，加了一些調味料，然而那道菜的味道還是不好。
(2) 這部電影我一直很想看，然而看完後卻對劇情跟演員的演技感到很失望。
(3) 她的夢想很遠大，然而因為每天忙於工作而無法實現。

3. 除了 A 以外，沒有所謂的 B。
一般來說，自助餐的食物種類不多，除了青菜、肉類以外，沒有所謂的高級菜色。

(1) 這裡交通不方便，除了公車以外，沒有所謂的更快速的大眾交通工具。
(2) 發生戰爭時，人民的生活很辛苦，除了勉強過日子以外，沒有所謂的享受。

4. 還好…，才度過…
還好有政府的獎學金和親戚的幫助，才度過這幾年讀書的日子。

⑴ 還好她的孩子們很懂事，一直陪伴著她，給了她很大的安慰，才度過那段難受的日子。

⑵ 還好他被壓在冰箱旁邊，靠著裡面的食物才度過了一個星期。

5. 莫過於…了
一般人的皮包裡，最重要的莫過於身分證了。

⑴ 我認為最能代表臺灣的食物莫過於牛肉麵跟珍珠奶茶了。

⑵ 我覺得最難學的語言莫過於俄文了，它的文法實在太複雜了。

6. …自然是…的，但…
這道菜加了芒果後的味道自然是更美味的，但是現在不是芒果的產季，我們餐廳若使用這種水果的話，成本會很高。

⑴ 你想找個完美的對象這自然是可以理解的，但請在挑對方前先想一想，你自己是完美的嗎？

⑵ 一個人在異鄉留學，日子自然是過得辛苦的，但卻可以訓練獨立的個性。

⑶ 和男友分手心情自然是不好的，但也別讓感情影響到工作。

個案分析（參考答案）

1. 越南－美容工作室（紋眉毛、修指甲）

2. 菲律賓－裁縫工作室（修改、訂做衣服）

3. 緬甸－餐廳

4. 美國－啤酒公司

5. 伊朗－餐廳

6. 中國－開民宿

7. 法國－賣香腸

8. 日本－花店

9. 馬來西亞－家具行

10. 法國－雜誌社（創辦新雜誌）

｜自由發揮題｜

1. 他們在創業過程中，可能會遇到哪些問題？

2. 這十個故事中，你比較喜歡哪個？為什麼？

3. 選擇其中一個行業，談一談創業需要做什麼準備？

4. 你認為他們的生意在台灣有市場嗎？為什麼？

｜聽力文本｜

1	門外招牌上寫著：「紋眉毛、紋眼線、嘴唇、修指甲」，許多客人大排長龍地等著。來自越南的阮氏秋，嫁來這裡已十六年，當初她靠著先生的翻譯與協助，租了小店面開了美容工作室，現在這家店受到附近鄰居歡迎。
2	從菲律賓嫁來台灣的小琴，從小就跟外婆學習縫紉這一技之長。現在她為了增加收入而開了一個工作室，當起裁縫師，為人們量身訂做及修改衣服。
3	為了讓同鄉能夠吃到家鄉味，來自緬甸的雅麗開了家餐館，初開業時每道菜都得打電話回家請教母親。現在這裡是緬甸人聚餐的好場所。
4	來自美國的比爾和馬克原是釀酒師，因長年住在台灣喝不到家鄉的啤酒，為了治療思鄉病，他們和朋友合夥成立了啤酒公司。
5	在異鄉工作十多年的阿福本業是做進出口貿易的。因宗教信仰的關係不能吃豬肉，在飲食處處受限的情況下，他決定開餐廳，也希望能利用這個機會多認識一些朋友。
6	來自大陸的冬冬嫁來十七年了。她與先生在鄉村經營民宿，從創業之初的營利事業登記，到開業後的房間打掃、整理和預約服務全部自己一手包辦。
7	來自法國的友漢發現這裡的人和他家鄉的人一樣很愛吃香腸。於是他回法國學習製作方法，再回台灣創業，現在他賣的香腸口味眾多，已有法式香腸、普羅旺斯香腸等等。
8	東京的祥子在台灣開了一家花店，她的店特別的是有許多本土的花，她說台灣的植物很多樣，可惜沒有一家花店買得到，因此自己開了一家。現在這家花店人人都推薦。

| 9 | 來自馬來西亞的小良在十年前與台灣人結婚。先是開了一家家具行，現在為了實現夢想，在各餐廳演唱。 |
| 10. | 兩個法國人利用正職工作下班後的時間，合作創辦了線上時尚雜誌。今年是他們創辦雜誌的第三年了。 |

參考資料：http://campaign.tvbs.com.tw/activity/taiwanhome

課室活動（參考答案）

　我一直夢想著開一家餐廳。

　我的餐廳要用玻璃的落地窗，簡單明亮。我會請一個員工負責接待客人，另一個在廚房…

學生作業簿

一、完成對話：請從(A)-(F)中選擇合適的話，完成下面的對話

1. D　　2. A　　3. E　　4. C　　5. B　　6. F

二、先在空格裡寫出漢字，再把寫出來的詞填入下面句子裡

| 受限 | 創辦 | 縫紉 | 信仰 | 本業 |
| 同鄉 | 眉毛 | 進出口 | 場所 | 預約 |

1. 王小姐覺得自己的 眉毛 不好看，打算去美容院紋眉，卻又擔心紋得不好。

2. 還好美香從小就跟母親學了 縫紉 這一技之長，現在才能靠這個技術吃飯。

3. 他的 本業 是律師，戰爭時期不得不改行賣起包子來。

4. 受限 於經費和時間，這個研究計畫無法在兩年內完成。

5. 這個熱門的餐廳不接受 預約 ，想吃的人得親自到現場排隊。

6. 在國外見到 同鄉 ，總是會特別地激動。

7. 陳先生從小就夢想要 創辦 一所農村學校，讓鄉下的孩子不用到城市就能念書。

8. 林小姐吃素不吃肉是因為 信仰 的關係，並不是為了環保或健康。

9. 政府規定，在公共 場所 應遵守秩序。

10. 受到經濟不景氣的影響，今年 進出口 的成長率低於預期。

│三、詞語搭配及完成句子│

1. D　2. F　3. A　4. B　5. E　6. C

請把上面搭配好的詞語填入下面句子。

1. 不分國籍

2. 承擔風險

3. 大幅減少

4. 聽取／經驗

5. 口味眾多

│四、請將以下詞語放在句子裡的正確位置，用「/」表示│

市長說要 <u>打造</u> 一個「失敗也沒關係」的創業環境，在補助上也「不分國籍」，就是為了鼓勵外籍人士創業。

1. 當老闆感覺是很自由，但除了要承擔風險以外，沒有 <u>所謂的</u> 下班和假日。

2. 我昨天看到有一家小吃店店面要頂讓，我想 <u>接手</u> 把它轉型成越南餐廳。

3. 創業最貴的莫過於生財器具與裝潢了，如果有 <u>現成的</u> 設備就能省掉不少花費。

4. 他因為語言能力 <u>受限</u>，又沒一技之長，所以找工作的時候常常碰壁。

│五、選擇適當的詞填入句中│

1. C　2. A　3. B　4. A　5. C

│六、請將框框中的詞語填入下面的句中，填入代號 a-f 即可│

1. d　2. a　3. b　4. e　5. f　6. c

肆 教學補充資源

1. 創業前必看的 10 本書 https://buzzorange.com/techorange/2014/04/11/the-best-business-books-to-read-before-starting-a-company/

2. 〔影片〕馬雲 - 給創業者的 10 分鐘 https://www.youtube.com/watch?v=pqkMbz2MIKA

3. 活動一：

將班上學生進行分組，以「創業當老闆」為主題，以角色扮演的方式發表。

各組需訂出所販售的商品與商店店名，對話中須包含「經營理念」的部分。

聽完其他小組分享後，統計有學生願意向某組購買商品（表示該組的行銷策略成功）

4. 活動二：

請學生踴躍發言分享自己心中成功的企業（如星巴克、麥當勞），以及他們成功的原因。

5. 活動三：

討價還價！產品協商

請兩人一組，利用本課生詞與句型編寫對話。

角色：一人為廠商，一人為店老闆 （例如：餐廳、鞋店）

任務：廠商盡量以高價賣出產品（例如：餐具、鞋子），老闆希望以最低的價格買入。

雙方自由協商，有個最終交易價格與數量。

LESSON 9 第 9 課 實體商店的出路

壹 教學目標

讓學生學會用中文主持會議並引領討論
讓學生學會用中文分析經營不同型態商店的優點與缺點
讓學生學會用中文分析現代人的購物新趨勢
讓學生學會用中文歸納眾人意見，總結會議

貳 教學重點

教師課前準備工作

本課的對話一情境是百貨公司業績連續五年下滑，公司內部召開主管會議，商討對策。參加會議的人有王財務長、李總經理、行銷部張經理、資訊部黃經理。

教師應具有的先備知識是認識實體商店所面臨的困境與網路商店的時代趨勢，線上線下相互整合是掌握商機的優勢。

本課的對話二情境是品牌鞋業的三個合夥人張伯中、李仲台與陳季香正在商討，今後拓展市場的方向是要繼續展店還是要擴大網路商店規模。

教學步驟（進行方式）

一課上完大約八到十個小時。（視老師的安排和各班的學習情況而定）

| 暖身 |

近年來，市場經濟幾乎已經達飽和的狀態，而消費者的購買力也普遍下降，因此生意是越

來越難做，不管是實體店或是電商，消費者對商品的銷售和服務的要求也越來越高，為了適應市場需求，線下的實體店紛紛轉變經營思維，把商店的發展移動到網際網路上，打通線上的銷售管道，整合線下和線上的資源，讓消費者化被動為主動，把參與者的角色變為引領者的角色，更加重視消費者的體驗感，以消費者為中心，才能邁出跨越性的腳步。

｜課前準備｜

　　把五題是非題瀏覽一遍，如遇到生詞簡單講解一下即可。播放音檔，請學生不要看課文，僅根據是非題的文字敘述或做筆記來抓住對話的大意。播放結束以後，檢討是非題的答案，當學生不確定對或錯時，請先擱置不需立刻回答，等上完對話後學生可以自己找出答案。

｜回答問題｜

　　上完課文後，可請學生回家先準備語言點前的五個問題。上課時請學生輪流回答，若學生回答不出來，先提示關鍵詞語，來引導學生抓住正確的訊息；接下來可再進一步要求學生說出完整的句子。

　　教學重點應該是聽力訓練和口語表達。加強聽力訓練的教學引導。例如，學生課前聽了對話後，先檢驗學生課前準備的部分，如果對於哪個問題有疑問，那麼教師可以就泛聽的技巧給予學生指導。接著才進入課文和生詞。

｜生詞、課文｜

　　請學生跟著老師一起唸詞語表，以提問或請學生以中文解釋的方式來確定其能了解生詞的意思。若學生無法解釋，再由教師說明講解重點生詞。提問時可設定數個子題，環繞一個主題帶出生詞。教師也可問學生有沒有哪個生詞有意思或用法上的問題，若有，即協助學生理解。請學生輪流唸課文，以提問或請學生以中文解釋的方式來確定其能了解意思。帶領過課文後再核對是非聽力的答案。帶領學生做課本上的語言點練習題。最後再播放一次錄音，並回答課本上的問題。

｜四字格教學｜

　　給予學生情境，或可跟生活經驗連結的例子，讓學生使用四字格來回答。或是給予補充用法及例句，讓學生更熟悉四字格。

1. 大者恆大

　　「大者恆大、強者愈強」是一般人經常採取、分析的角度來看待產業，從過去的發展來看，的確有這樣的情形。過去，規模大的公司往往具有競爭優勢，因為大公司知名度高、累積較多的經營經驗與人才，而最大的優勢在已經建立完整的產銷體系，並且在擴張發展方面，能夠運用的資本與其他各種資源相對地比較多，成為小公司與大公司競爭的最大障

礙。但「大者恆大」是否真的是市場競爭的鐵律？恐怕也並不盡然。

2. 水能載舟，亦能覆舟

參考提問：什麼樣的情形會使用水能載舟，亦能覆舟？

參考解答：歷史是一面鏡子，領導者得到人民的喜愛，一切順利，但是水能載舟，亦能覆舟，領導者失去民心就得下台。

3. 無遠弗屆

參考提問：什麼樣的情形會使用無遠弗屆？

參考解答：文化雖然是無形的，但影響力卻是無遠弗屆的。

｜個案分析｜

以泛讀或以聽力方式，完成個案分析的課前提問。比方說請學生概略說出發生的情況及困境。引導提問，重點在引起學生對網路商店與實體商店主題的興趣。

引導提問問題：如何開網路商店？

網路商店（Internet store）就是一種電子商務（E-Commerce）的應用，商店在網際網路上，就和街道上的商店有一樣的意義。一般在前台（store front）讓顧客瀏覽產品或服務項目型錄網頁，供顧客在線上直接訂購（購物車程式），在後台（back end）包括訂單處理（order fulfillment），及顧客服務等模組。在網上銷售產品或服務可增加利潤、降低成本，但也有一些限制和陷阱。

｜課室活動｜

1. 老師將學生分組後討論，在主題的引導下自由發揮。

(1) 有哪些產品已經不太需要實體商店，而漸漸被網路取代呢？

(2) 想一想，與十年前相比，哪些商店的數量已經慢慢地減少了？

　　例如：唱片行、報社、二手書店…等，這些相關的行業已逐漸被網路取代。

2. 網路創業夢

(1) 上網任找一間你認為經營得很成功的網路商店，再跟同學介紹商店的商品、行銷方式，以及你認為它會成功的理由。

(2) 試著想像自己在網路上開一間網路商店。

　　https://shopline.tw/（全球智慧開店平台）也許可以提供一些參考。

📝 詞彙補充說明

1. 平台：【補充說明】指把雙邊網路中的兩群使用者，連結起來的「產品與服務」；所

以，平台（platform）的核心概念是連結、架橋或媒合，平台提供基礎設施與規則。【例】師大國語中心的線上課程是學習中文的教學<u>平台</u>。

2. 互補：【補充說明】指兩種商品之間存在著某種消費依存關係，也就是說一種商品的消費必須與另一種商品的消費相配套。【例】他們兩人的風格，一個是理性的，一個是感性的，形成了<u>互補</u>作用。

3. 量販業者：【補充說明】業者是經營某一行業的人或公司。量販一詞，最早來源於日語，是大量批發的意思。量是指商品的數量，販是低價銷售，是一種以量定價的經營形式。【例】那個<u>量販業者</u>經營了不少大型連鎖量販店。

4. 達人：【補充說明】在某些事情上有特別的成就的人，類似專家或高手。「達人」原意為：通達事理、明德辨義的人。現今常用的「達人」一詞源於日本，意指專業中的專業。【例】老李是個咖啡<u>達人</u>。

5. 第二春：【補充說明】一個中年人再找到對象，通常指的是在一定的年齡裡，一些人在原先的基礎上又愛上了另一些人而產生的感情。好像是人生的第二個春天。感情上有第二春，事業也有第二春。事業又有新發展，像春天的景象一樣。【例】他被裁員以後，就開始考慮經營網路商店，創造事業的<u>第二春</u>。

6. 轉換跑道：轉換就是轉變更換。跑道的意思是專供比賽使用的道路。例如：「賽車跑道」、「田徑跑道」。而轉換跑道指的是換工作，當職場上的工作內容或是相關人事安排上產生變化時，容易使人對工作的認同感和期望也跟著改變，在壓力、情緒累積下就想要「換工作」。就好像是從一個跑道轉換到另外一個跑道。所以轉換跑道的意思就是換工作。【例 1】想要<u>轉換跑道</u>的人，首先得學會如何寫一封完整的離職信。【例 2】你已經在這家公司工作了這麼多年了，真的想<u>轉換跑道</u>嗎？

📓 重要語言點解說

* 語言點 1：「主要有下面幾個原因，首先是…，其次是…，…也…」
  功能是用來說明原因，並一項一項地分析或說明事理：主要有下面幾個原因，首先是 A，其次是 B，C 也…。

  【例】這兩年來業績下滑，主要有下面幾個原因，首先是市場經濟已經達到飽和的狀態，其次是消費者的購買力普遍下降，生意也跟著越來越難做了。

* 語言點 2：「針對…，…有沒有比較具體的建議？」
  功能是用於會議上，針對特定的主題，客氣尋求具體的建議。「不知道有沒有…」也可用「不知是否有…」來代替。

【例】召梅：針對「未來如何增加客戶的忠誠度」，張經理，請問您對這個主題有沒有比較具體的建議？

勇政：我的建議是可以參考國內百貨業成功的例子，來擴大市占率，並藉著交流合作，找到一條出路來突破瓶頸。

參 練習解答

課前準備-聽力練習 1

1. F　　2. T　　3. T　　4. T　　5. F

回答問題：請根據對話 1，回答下面問題

1. 張經理認為大環境對百貨零售業很不利，為什麼？

答：首先是景氣低迷導致消費力不振，其次是網路商店的顧客成長率高達 32.5%，百元平價商店也成長 25.8%。因為受到網路商店與平價商店興起的雙重影響，業績年年下滑。

2. 黃經理建議要如何找出一條出路？

答：他認為「窮則變，變則通」。為了求生存，可以參考日本百貨公司合併成功的例子，來擴大市占率，並藉著合作伙伴的強項，跨足自己以往沒有深耕的另一個消費群，找出一條出路。

3. 黃經理認為合併有什麼優勢？

答：他說：由於我們的顧客是以年輕客層為主，以流行、時尚為強項，若與以熟齡、富裕顧客為主的百貨業者合併，不僅可以拉抬市占率，還可以互相學習對方所熟悉的行銷知識與經營之道，肯定能相得益彰。

4. 李總對百貨業興起聯合行銷風潮的看法如何？

答：他認為百貨業興起聯合行銷風潮的主要原因，一來是為了設法擴大市占率，二來是想達到企業重整的目的。

5. 黃經理認為企業合併會有什麼問題？

答：比方說帳務系統的整合、不同企業文化之間的融合、建立整合之後的企業新品牌在消費者心目中的印象等，都是很大的挑戰。

語言點 1 練習題（參考答案）

1. 主要有下面幾個原因，首先是…，其次是…，…也…
   主要有下面幾個原因，首先是<u>等不到政府的施工許可</u>，其次是<u>公司內部木工裝潢的預算不夠</u>，<u>現場監工的人選也很不容易找</u>，所以到現在都還沒開始。

   (1) 我覺得要做好行銷，<u>主要有下面幾個原因，首先是得了解顧客的需求，其次是要把產品或品牌定位在確定的位置上，廣告也不能少</u>。
   (2) 事前的準備工作很多，<u>主要有下面幾個原因，首先是學會咖啡的專業沖泡方式，其次是找到好的店面，店內的裝潢與設計也要講究</u>。
   (3) 我真的非常好運，<u>主要有下面幾個原因，首先是感謝老闆給我這個機會抽中這麼大的獎品，其次是謝謝所有的同事帶給我的運氣，希望明年運氣也一樣好</u>。

2. 針對…，…有沒有比較具體的建議？
   針對<u>裝潢材料的選擇</u>，大家有沒有比較具體的建議？

   (1) <u>針對要不要參加今年的連鎖加盟展</u>，你有沒有比較具體的建議？
   (2) <u>針對如何回覆客戶反應和網路評價</u>，客服部有沒有比較具體的建議？
   (3) <u>針對展場施工圖的修改部分</u>，黃總經理有沒有比較具體的建議？

3. 可以參考…的例子，來…，並藉著…，找出…
   <u>我們可以參考王經理企劃案執行成功的例子，來調整預算，並藉著嚴格控制開銷，找出突破瓶頸的方法</u>。

   (1) <u>我們也許可以參考民宿經營成功的例子，來經營無人旅店，並藉著資訊科技和機器人的優勢，找出新的服務模式</u>。
   (2) <u>我認為可以參考客服人員在職訓練成功的例子，來訓練飯店櫃臺人員，並藉著客訴應對訓練，找出解決問題的方法</u>。
   (3) <u>我們可以參考德國消費性電子展成功的例子，來規劃國內的電子展，並藉著在德國參展的經驗，找出未來的發展方向</u>。

4. …是以…為主，…以…為強項
   這次所錄用的國際業務代表，大都是以<u>流利的外語</u>為主，以<u>溝通技巧和組織能力</u>為強項。

⑴ 我們公司的產品市占率很高，是以<u>嬰、幼兒的衣服</u>為主，以<u>零歲到一歲的新生兒衣服</u>為強項。

⑵ 就我所知，這位運動員所參加的比賽項目是以<u>游泳</u>為主，以<u>兩百公尺自由式</u>為強項。

⑶ 這家電子公司的規模這麼大，員工超過百萬人，主要是以<u>代工服務</u>為主，以<u>代工組合安裝</u>為強項。

✎ 課前準備-聽力練習 2

1. T　2. F　3. T　4. T　5. T

✎ 回答問題：請根據對話 2，回答下面問題

1. 今天開會的主要目的是什麼？

　答：開會的目的是要找出拓展市場的方向，商討是要繼續展店還是要擴大網路商店規模。

2. 陳季香認為實體商店有哪些特點是網路商店無法取代的？

　答：陳季香認為實體商店本身就是活廣告。更何況，有不少消費者喜愛享受壓馬路和逛櫥窗的閒情逸致，這是網路商店無法取代的價值。如果在全國各大城市開設零售連鎖店，就能吸引更多不同的消費族群。

3. 李仲台說英國高檔家具業者是如何轉型的？

　答：他聽說英國高檔家具業者結束門市營業後，徹底轉型為完全的網路商店。當初是因為房租過高，營運成本過重，而決定轉向網路。節省下昂貴的店租，轉而在網站設計與網路行銷上投入大筆資金，結果獲利不少。

4. 張伯中提出什麼例子來說服其他人自家產品網路化是可行的？

　答：他說國內有個郵購百貨業者在兩年前結束門市營業，全面網路化後，商品的知名度和能見度都大幅增加了，也扭轉了連續 10 年虧損的局面。更何況我們的消費者已經熟悉我們的品牌，對我們的產品有相當的信心和忠誠度。

5. 對要繼續展店還是要擴大網路商店規模，陳季香最後的建議是什麼？

　答：可以在高級商業區開一家旗艦店，然後逐步縮減目前直營門市的數量，同時持續發展虛擬通路，隨時評估，看看業績怎麼樣，再做機動性的調整。畢竟網路無遠弗屆，唯有在網路上才賺得到全世界的錢。

語言點 2 練習題（參考答案）

1. 如果只是想…，我不看好…

   如果只是想減少眼睛疲勞而改用綠色系列，我不看好這樣的顏色搭配。

   ⑴ 如果只是想改善現有的服務而貿然投入 app 市場，我不看好這樣的做法。

   ⑵ 如果只是想讓外國朋友了解臺灣的特色，我不看好這個提議。

   ⑶ 如果只是想幫勞工爭取加班費，我不看好這次政府提出的政策。

2. 水能載舟，亦能覆舟。在…之下，…不可不謹慎。

   水能載舟，亦能覆舟。在效果還不清楚的情況之下，對身體產生的作用不可不謹慎。

   ⑴ 水能載舟，亦能覆舟。在通信科技發達之下，使用通信 app 不可不謹慎。

   ⑵ 水能載舟，亦能覆舟。在行動支付快速發展之下，對於帳號被盜用的風險不可不謹慎。

個案分析（參考答案）

關於書店的優缺點分析，請聽錄音，填入資料。

書店	經營實體書店	經營網路書店
經營時間	大部分的書店都有營業時間的限制	24 小時全年無休
選購方式	在書店翻閱	在任何可以上網的地方
找書速度	搜尋書比較慢	搜尋書的速度快
書籍資訊	消費者無法在實體書店看到其他讀者的書評	容易找到每一本書的讀者評比和相關的資訊

關於創意商品店的優缺點分析，請聽錄音，填入資料。

創意商品店	經營實體商店	經營網路商店
經營狀況	需要有店面	從知名的入口網站連結自己的店面
銷售模式	受地點、人潮、時間的限制	網際網路四通八達，接國際訂單也不難

店面成本	店面成本大，需要比較多的資金	無店面成本，網站成本差不多是店租的五分之一到十分之一
預算配置	大部分成本會花在非商品的用途	大部分成本花在創意商品的研發和網路行銷

1. 分組討論經營實體店面和網路商店的優、缺點。

2. 依分組討論結果，決定開實體店面或網路商店，並說明原因。

請學生自由發揮。

｜聽力文本｜

個案分析-書店

以下是市場分析師對開實體書店和網路書店的優、缺點所做的分析，從經營時間、選購方式、找書速度和書籍資訊四方面來探討。

首先從經營時間來看，實體書店大部分都有營業時間的限制，而網路書店是 24 小時全年無休。其次從選購方式來看，實體書店可以讓消費者在書店翻閱，而網路書店是在任何可以上網的地方都可以選購。再從找書速度來看，在實體書店裡消費者找書比較慢，而網路書店找書的速度很快。最後從書籍資訊來看，消費者無法在實體書店看到其他讀者的書評，而網路書店很容易找到每一本書的讀者評比和相關的資訊。

個案分析-創意商品店

以下是市場分析師對於開創意商品店，從經營實體商店和經營網路商店的優、缺點所做的分析，就經營狀況、銷售模式、店面成本和預算配置四方面來探討。

首先從經營狀況來看，實體商店的經營需要有店面，而網路商店可以從知名的入口網站連結自己的店面。其次從銷售模式來看，實體商店會受地點、人潮、時間的限制，而網路商店因為網際網路四通八達，連接國際訂單也不難。再從店面成本來看，實體商店店面成本大，需要比較多的資金，而網路商店不但沒有店面成本，連網站成本也差不多只有店租的五分之一到十分之一。最後從預算配置來看實體商店，大部分成本會花在非商品的用途，而網路商店大部分的成本花在創意商品的研發和網路行銷。

📝 課室活動（參考答案）

請學生依照指示並且扣緊主題地自由發揮。

學生作業簿

｜一、請將框框中的詞語填入下面的句中，填入代號 a-o 即可｜

1. h　2. f　3. g　4. d　5. i　6. c　7. j　8. e　9. b　10. a

11. n　12. m　13. k　14. l　15. o

｜二、請將框框中的詞語填入下面的短文中，填入代號 a-f 即可｜

1. f　2. d　3. c　4. b　5. a　6. e

｜三、連連看：文意連結｜

1. E　2. A　3. B　4. C　5. D

｜四、閱讀短文並完成下面的問題｜

1. T　2. F　3. F　4. T　5. T

肆　教學補充資源

參考網站

提供授課教師參考。

1. 市場經濟 4.0 時代，實體店的命運何去何從
   https://kknews.cc/tech/3rjzl3.html

2. [聯強 EMBA] 大者恆大！？
   https://www.managertoday.com.tw/columns/view/31647

LESSON 10

第 10 課
大魚吃小魚

壹 教學目標

讓學生學會用中文依併購程序進行細節交涉
讓學生學會用中文表明協商的目的以及預期效果
讓學生學會用中文透過談判維護權益
讓學生學會用中文透過談判釋放善意達成目的

貳 教學重點

✏ 教師課前準備工作

　　本課的商務情境是談「併購」。併購是一個很大的題目，過程繁複。一般都是在公司的最高領導人決策下進行，在最高領導人確立大方向後展開。能夠參與的也是十分高階的主管。老闆拍板定案後，細部併購過程，再由各部門主管領軍進行規劃，逐步逐項完成。企業併購，其間的過程大約如下：1.首先，雙方會明確表示合作意願並擬定草約 2.接著對彼此的財務狀況及各項評估進行查核 3.最後在正式簽約前，各部門還會進行多次的細節商談。本課即從此一正式簽約前的「進入細節協議階段」切入，並挑選了人力、勞退、軟體移轉及移轉時程等項目為題材。

✏ 教學步驟（進行方式）

　　一課上完大約八到十個小時。（視老師的安排和各班的學習情況而定）

暖身（提問並帶出相關生詞）

2017 年底，台灣百貨業龍頭之一遠東百貨提出百貨業必須併購才更有生機的想法，你覺得呢？之前，你聽過大企業的併購案嗎？成功了嗎？為什麼成功或者為什麼失敗？成敗最主要的關鍵是什麼？台灣大企業鴻海集團併購日本夏普和東芝案，一成一敗，你能大概談談嗎？

併購的目的是什麼？可能會有哪些方面的實質議題？如果你是併購案中的新東家，你會最在意哪些協商？在人力上，你會有什麼樣的期待？比方說人力裁減、組織瘦身、主力年齡層及離職、退休的安排⋯？還有軟硬體的交接上會注意哪些細節？

課前準備

把五題是非題瀏覽一遍，如遇到生詞簡單講解一下即可。播放音檔，請學生不要看課文，僅根據是非題的文字敘述或做筆記來抓住對話的大意。播放結束以後，檢討是非題的答案，當學生不確定對或錯時，請先擱置不需立刻回答，等上完對話後學生可以自己找出答案。

請學生找異業合作相關案例或閱讀相關文章。任務：請學生分組完成一個異業合作，並以角色扮演呈現。

回答問題

上完課文後，可請學生回家先準備語言點前的五個問題。上課時請學生輪流回答，若學生回答不出來，先提示關鍵詞語，來引導學生抓住正確的訊息；接下來可再進一步要求學生說出完整的句子。

教學重點應該是聽力訓練和口語表達。加強聽力訓練的教學引導。例如，學生課前聽了對話後，先檢驗學生課前準備的部分，如果對於哪個問題有疑問，那麼教師可以就泛聽的技巧給予學生指導。接著才進入課文和生詞。

生詞、課文

請學生跟著老師一起唸詞語表，以提問或請學生以中文解釋的方式來確定其能了解生詞的意思。若學生無法解釋，再由教師說明講解重點生詞。提問時可設定數個子題，環繞一個主題帶出生詞。教師也可問學生有沒有哪個生詞有意思或用法上的問題，若有，即協助學生理解。請學生輪流唸課文，以提問或請學生以中文解釋的方式來確定其能了解意思。帶領過課文後再核對是非聽力的答案。帶領學生做課本上的語言點練習題。最後再播放一次錄音，並回答課本上的問題。

四字格教學

給予學生情境，或可跟生活經驗連結的例子，讓學生使用四字格來回答。或是給予補充用法及例句，讓學生更熟悉四字格。

1. 一氣之下：【補充用法】盛怒、情緒衝動的情況之下。

　　【例】她覺得受騙了，一氣之下，當場就把合約書給退回了。

　　相反詞有「平心靜氣」。【例】別衝動，還是平心靜氣地慢慢商量吧！

2. 應運而生：【補充用法】順著時勢而產生，相反詞「生不逢時」。

　　【例】隨著科技的進步，很多新興的行業應運而生，但是也有一些行業逐漸凋零了。

｜個案分析｜

　　以泛讀或以聽力方式，完成個案分析的課前提問。比方說請學生概略說出發生的情況及困境。引導提問，重點在帶出：1.如何避免談判僵局；2.引起學生對新興的異業合作型態的興趣與激發異業合作的創意。

1. 如何推動對手走向談判桌進行合作？

2. 談判一旦陷入僵局，可能是什麼原因造成的？你該如何重啟談判？

3. 異業合作是什麼？模式有哪些？異業合作要成功是由「你」開始，還是「一群人輪流當頭」？可以舉例說說看嗎？

4. 你現在從事的行業有進行異業合作的可能嗎？「隔行如隔山」，正因為不同，才能讓我們跳出原來的窠臼，開發出創意，所以尋找異業合作，你會怎麼開始發想、整合、規劃？

5. 你覺得異業合作是未來的常態嗎？有人說異業合作是 1+1>2，你看好這種合作模式嗎？為什麼？

｜課室活動｜

　　老師可參考異業合作的理由。

　　第一組：馬拉松選手+Uber

　　馬拉松比賽一般都不在市區舉行，主辦單位對於選手到達比賽起點和終點的交通問題一直很頭痛，但苦於沒有經費支付。若是能讓比賽後累得走不動了的選手順利解決回到市區的交通問題，自然是一種鼓勵選手下次參賽的貼心服務。於是主辦單位透過和 Uber 合作，給選手搭車的優惠，更用抽獎來決定車資打幾折的小遊戲，讓搭車不再無聊，也增加了一點刺激和趣味。

　　第二組：炸雞+鬆餅

　　韓國炸雞總是以「宵夜」的形式出現，但是陷入客戶只限於夜貓子族群的瓶頸，但跟鬆餅合作後，兩種業者各省了一半成本不說，也讓產品成功打入了早餐市場，再加上客人上網按一個「讚」就能送一小杯飲料的靈活銷售，成功抓住了新的客群。

第三組：銀行＋咖啡店

越來越多銀行業務，消費者只要透過網路就能完成，銀行裁減員額成了趨勢，把多出來的空間租給咖啡店，讓客戶到銀行辦事等待的時間，還能一邊享受咖啡，這樣既不無聊又可享受舒適的空間，銀行的服務不但提升了，同時也增加了收益，咖啡店則以優惠的租金取得店面並讓自己提升到與銀行大企業合作的形象。

第四組：便利商店＋網路購物合作

客戶到住家附近便利商店，取回網路上購買的貨品，不受上班時間限制，非常方便；商家與便利商店送貨系統合作，不必另與快遞簽約，成本降低；便利商店則在既有的送貨系統和門市人力與空間條件下，賺取服務的利潤，這樣一來，商家、便利商店、客戶，三方各取其利。

第五組：候選人＋當地食材

台灣選舉，候選人有很多與選民互動的大型活動，配合上當地食材的免費發送、試吃，甚至可形成一種市集，讓在地食品不但受到名人加持打出口碑，也成功行銷。候選人則因這種特殊的名人代為促銷形式，不但表現出親民、愛民，也協助小農或商人成功行銷了產品。

詞彙補充說明

1. 協議：【用法】「協議」泛指取得一致的意見，可以是國家、政黨或團體間，也可是公司、單位間經過談判、協商後取得的一致意見。是動詞兼名詞，可作賓語。近義詞「協定」多指書面條款，比較正式，但只能做賓語。【例1】經過多次協商，兩家公司終於達成技術轉移協議。【例2】與其痛苦的在一起，不如協議離婚。（╳協定）。【例3】昨天兩國終於簽好了貿易協定。

   【搭配】○友好協議／協議解決／遵守協議／達成協議／違反協議／終止協議
   　　　　╳協議會議

2. 協商：【用法】共同商量，以便取得一致看法或意見。是動詞，不常做賓語，只能作個別動詞的賓語，如參與協商。【例】明天我們要和行銷部門進行協商，討論展示會的任務分配。

   【搭配】○協商會議／友好協商／協商解決
   　　　　╳遵守協商／達成協商／違反協商／終止協商

3. 實質：【搭配】意思指本質，指事物實在的或實際的情況。與「表面」或「虛假」相對。但近義詞「本質」是隱蔽的，不能直接看見，必須透過現象掌握本質。

   【例1】節省時間，我們來談談實質的議題吧！那些無關緊要的話就不多說了。
   【例2】要透過現象來發掘本質，不要被包裝的外表騙了。（╳實質）

【例3】這個員工的<u>本質</u>是好的，我們再給他一次改正的機會吧！（×實質）

　　　　○實質上/實質性

　　　　×實質方面（○本質）/實質區別（○本質）

4. 客套話：【用法】在人際交往當中，對人說話謙虛禮讓，客客氣氣。但有時純為社交，並不是真誠的話。比如，下次我們找個機會吃飯（不是真的要跟你吃飯）；小孩長得好可愛（不一定真的覺得）；家裡沒什麼菜（不代表真的沒菜）。

5. 老東家：【用法】東家，指的是老闆，老東家是說跟隨了很久或之前的老闆；少（ㄕㄠ，shào）東家指的是年輕的老闆，老闆的兒子。常簡稱為少東。少東比較常用來稱呼公司行號的小老闆。

6. 派駐/派遣：【用法】被政府、機關、團體、公司等命令到某處工作並駐守在當地。「派遣」就是「派」，是動詞，用於書面。【例1】我們公司為了在歐洲拓展業務，在當地設了分公司並<u>派駐</u>了多名員工。【例2】這次國際大會的商展，我們公司不惜成本，<u>派遣</u>了一支代表團參加。

7. 通融：【用法】變通辦法，給人方便。【例】我們公司財務最近有<u>些</u>緊，可否<u>通融</u>一下，這筆貨款的利息下個月一起付。

8. 從優：【用法】用最優惠的辦法處理。【搭配】從優辦理/從優發放/從優獎勵/從優撫恤。【例】這些員工都跟了我們三、四十年了，現在公司結束營業，但一定要對<u>這些</u>公司的老人<u>從優</u>發給離職金或退休金。

9. 擴充：【用法】擴充，指規模從原有的基礎上增加。【搭配】擴充設備、擴充功能、擴充廠房。可具體可抽象。「擴大」著重範圍由窄到廣，對象多為抽象事物。【例1】生產線常發生來不及滿足訂單需求的現象，老闆決定<u>擴充</u>廠房和設備。【例2】因為公司今年營業拉出長紅，所以年終餐會要<u>擴大</u>辦理。

10. 容許：【用法】許可。「容許」的語氣較「許可」、「允許」重。主要不同在詞語搭配上，「允許」口語常用，「容許」多用於書面。【例1】這個金屬片尺寸絕不<u>容許</u>出錯，因為它關係到整個行車安全。（○允許×許可）【例2】這件事已經得到經理的口頭<u>許可</u>，可以放手去做了。（上下隸屬關係的同意，或政府機關及法律上的同意，如許可憑證、未經許可不得進入。（○允許×容許）【例3】開會的時候請<u>允許</u>別人把話講完，不要一直插嘴。（×許可×容許）

11. 形式：【用法】指事物的外形，也有指辦事的方法或表象。「方式」，所採用的方法。【例1】我們接的這場婚禮設計，因為新娘是日本人，所以將採日本婚禮<u>形式</u>舉辦。（×方式）【例2】速食店和高級牛排店這兩種不同<u>形式</u>的餐廳，對食材的採購<u>方式</u>有何不

同？（╳形式）

12. 異業合作：cross-industry collaboration，就是兩種不同的產業或行業以合作互惠的方式，達到共生共榮的雙贏局面，就叫做異業結盟。因為自己沒做相關的銷售，彼此合作將增加商品的多元性。例如：汽車公司廣告贊助職棒比賽，賽後球員們到汽車展示場舉辦簽名會以增加人氣；或咖啡店開在博物館附近，門票上印製憑門票購買咖啡打折等，都屬異業合作。

13. 靈活：【用法】敏捷、不呆板，善於隨機應變。使用範圍很廣，包括身體、腦筋、手法、方法、指揮等。近義詞「靈巧」的範圍比較窄，一般指手指、嘴、手藝、工藝品等。「靈活」、「靈巧」不能互換。「靈活」可以用在祈使句，「靈巧」不可以。【例1】行銷策略一定要靈活才能應付快速多變的市場。（╳靈巧）【例2】他有一雙靈巧的手，什麼木頭在他手上都能成為一個精緻的藝術品。（╳靈活）【例3】腦筋一定要靈活，才能突破許多經營的困境。（╳靈巧）

○手腳靈活/頭腦靈活/機動靈活/靈活運用
╳靈活的雙手（○靈巧）/心思靈活（○靈巧）

14. 性價比：性能和價格的比例，就是所謂的性價比。

重要語言點解說

- 語言點 2：「…則要先看…」

補充對話 1
申購部門：請問我們提出的採購案，目前進度如何？通過了嗎？
總務部門：你們提出的採購案能不能通過，則要先看你們的申請程序是否符合規定了。

補充對話 2
併 購 方：真人面前不說假話，我們兩家公司合併，是目前經濟不景氣中，最好的活路了。
被併購方：其實，我們也希望把公司讓給理念相近的企業，至於能不能合併成功，則要先看對方的誠意和提出的條件了。

參 練習解答

📝 課前準備-聽力練習

1. F　2. T　3. T　4. F　5. T

📝 回答問題：請根據對話，回答下面問題

1. 在最高領導人確立併購後，接著會進行哪些談判過程？

答：⑴ 在雙方最高領導人確立大方向後，雙方各部門會分別進行多次的細節商談，在正式簽約前達成各項最後協議。例如：人力、軟體、硬體…等移轉。

⑵ 教師補充解答：

首先，雙方最高領導人會明確表示合作意願並擬定草約，接著併購雙方對彼此的財務狀況及各項評估進行查核，在正式簽約前，各部門還會進行多次的細節商談，達成各項最後協議。

2. 今天會議談判的實質議題主要是在哪三方面？

答：⑴ 人力及人員移轉合併。

⑵ 勞退。

⑶ 軟體移轉及移轉時程

3. 人力資源合併是今天談判的主要內容之一，雙方各自提出什麼樣的問題和期待？

答：⑴ 併購方

A. 問題：

a. 對方各部門將規劃多少的人力併入未來的系統？

b. 在併入之前是否有人事精簡或瘦身計畫？

c. 員額裁減、資遣或員工提前退休的計畫是否有進一步的方案了？

B. 期待：

a. 降低員工年齡層，希望併入的人力資源盡量年輕化。

b. 要知道一個具體的人力數字和名單，以便做薪資、職等、工作內容、派駐地點的安排等。

c. 正式簽訂合約一個半月前，拿到併購相關資料。

⑵ 被併購方

A. 問題：

a. 盡快確定資訊，安定人心。

b. 希望知道被併購方員工位階、職銜、薪資、工作內容以及派駐地點會有哪

些異動？大原則是什麼？

　　　c. 確認被資遣的員工，是否仍照之前協議，從優發放資遣費？

　　B. 期待：

　　　a. 不違背創辦人理念，盡可能照顧員工的未來。

　　　b. 有特殊困難的家庭，可否盡量不要變動？

　　　c. 員工的年資和職級，希望比照原有的水準。

4. 有關人力資源合併，併購方回答了哪些大原則？被併購方提出了哪些具體的資料和要求？

　　答：⑴ 併購方原則

　　　A. 除了年長及不適任的人員，盡量維持員額、人心的穩定。

　　　B. 盡可能依照對方送來的人力資料，做最小幅度的調整。

　　　C. 職等、薪資保證不會降低。

　　　D. 工作內容、派駐地點，要先看對方提出的名單和專長，再做決定。

　　⑵ 被併購方

　　　A. 具體資料

　　　　a. 目前全球員工大約有一萬兩千多人，併入的人力資源大約會降至八千人以內。

　　　　b. 以中階主管和年資在五年以上、十年以下的資深員工為併入主力。

　　　B. 要求

　　　　a. 有特殊困難的家庭，可否盡量不要受到變動的影響？

　　　　b. 員工的年資和職級，希望比照原有的水準。

5. 在簽訂合約的一個半月前，併購方希望拿到什麼？目的是什麼？他們用何種方式提醒被併購方？

　　答：

　　⑴ 希望盡快拿到軟體和技術移轉清冊及時程表、各項軟硬體價格和人力合併計畫。

　　⑵ 目的：對客戶提供全方位的服務，所以需要借重對方的軟體和技術來擴充業務範圍，確保在整併後一個月內，就可以在對方現有的軟體上進行進階的開發。

　　⑶ 提醒方式：若延誤

　　　A. 一切得從頭再談。

　　　B. 考慮暫停或延緩併購案。

　　　C. 到時候資金無法到位，對方會持續增加銀行貸款及抵押的利息支出。

▓ 語言點練習題（參考答案）

1. …就…進行協商

關於勞工工作日數的新法案通過了。為了因應這個改變，今天請各部門先<u>就排班問題進行協商</u>。

(1) 我覺得高了一點，但對方不肯調降價格，所以我們不如進一步<u>就管理費及停車位問題跟對方進行協商</u>。

(2) 我覺得應該先<u>就人力的需求跟銷售部門進行協商</u>。

(3) 您是我們的老東家，如果替我們著想，請<u>就從優發放資遣費的部分跟對方進行協商</u>吧！

2. …則要先看…

南向發展是我們的策略，至於跟哪些國家合作，<u>則要先看市場評估的狀況</u>。

(1) 當然會優先考慮貴公司，但是最後能不能成交，<u>則要先看你們提出的價格和條件</u>了！

(2) 我們會盡快處理，但是人員名單的部分<u>則要先看貴公司的人事政策</u>了。

(3) 當然，至於會不會發生暫停或延緩的問題，<u>則要先看貴公司的執行進度</u>了。

3. 降至…

根據我們的調查，如果售價一下提高 5%，恐怕下一年度，<u>我們的客戶會降至 200 家以內</u>了。

(1) 是啊！照這樣下去，專家說到 2050 年，<u>台灣人口會從 2300 萬人降至 1800 萬</u>呢！

(2) 是啊！光是外套，我們的銷售業績就下降了百分之十，目前已<u>經降至開業以來同期最低點</u>了。

(3) 全球經濟不景氣，成長率可能會（<u>下降 3 個百分點，）降至歷史新低</u>。

4. 以…為主力

這裡的住戶大多數是<u>高收入的科技人才</u>，我們最好<u>以高價位的現代化產品為主力</u>。

(1) 我們在貓空地區，還是<u>以我們當地的鐵觀音為參賽主力</u>吧！

⑵ 報告經理，已經完成了，因為在海外，所以<u>銷售人員將以當地華人為主力</u>。

⑶ 併購完成後，我們初期將以<u>開發進階產品為主力</u>。

5. 比照…
<u>就比照去年的標準，發三個月吧！</u>

⑴ 上次他們幫過我們，這次<u>報價的條件，就比照長期合作公司吧</u>！

⑵ 你們售屋真的有一套，所以客套話就不必多說了，利潤部分我們還是<u>比照之前，付給貴公司房子售價的百分之四</u>！

⑶ 這次受傷的工人，是否<u>比照上次的例子</u>，比勞基法的規定多發一個月的薪水？

6. 請容許我
<u>請容許我先離開會議，我真的有急事</u>。

⑴ 這次展覽規模很大，<u>請容許我向貴部門借三位同仁來幫忙</u>。

⑵ <u>請容許我在下個月調高一成售價</u>，<u>因為原物料的上漲</u>，讓我們已經沒有辦法不漲價了。

⑶ <u>請容許我問一個私人的問題</u>，這個行業的收入如何？

📎 個案分析（參考答案）

1. 你認為一個成功的併購案，雙方需要具備什麼樣的態度？

答：最主要的關鍵就是「是否能以雙方利益為前提，以達到雙贏為目標」。如果談判者只關心自己的利益，談判就會陷入僵局，如果打算「贏者全拿」，對方甚至會關閉協商的大門。所以談判過程中需要誠懇地不斷協商，以達到雙方最大的利益。

2. 什麼是異業合作？為什麼會有這類合作形式的產生？請舉例說明。

答：⑴ 共同分享市場規模，以達到拓展市場、降低成本的目的，這種跨業合作的模式稱為異業合作，這是一種更靈活的商業合作。

⑵ 企業並不需要為喝牛奶而養一頭牛，於是種種能達到增加服務或節省成本目的的異業合作就應運而生。異業合作既能抓住目標消費族群，又能透過促銷活動擴展並且鞏固這一消費客群的市場，甚至讓不同的行業之間透過合作，提升市場占有率。

⑶ 例如：（請參考課文後舉出實例，本手冊不直接列出名稱，僅列數種異業合作
模式以供參考）

A. 某航空公司在飛機上提供知名品牌咖啡，提高品牌咖啡的曝光度，也提升了
航空公司高質感的服務形象。

B. 銀行與百貨公司、航空公司等，共同發行聯名信用卡，累積購物回饋金或飛
行里程。

C. 互相為對方促銷，例如知名品牌汽車業者聯合幾家高爾夫球場及渡假村，推
出來店賞車便送渡假村折價優惠券，或到特約球場消費便可參加抽獎，獲得
汽車一輛或球券等，在廣告互惠上達到雙贏。

✏ 課室活動

Ans：現在讓我來告訴您，他們配對的情況。（請聽錄音）

表 1

第一組	第二組	第三組	第四組	第五組
Uber	韓國炸雞	銀行	便利商店	候選人
馬拉松選手	鬆餅	咖啡店	網路購物	當地食材

（1-3 **請學生自由作答**）

1. 請問這幾個異業合作成功的案例，你最欣賞哪一組呢？為什麼？

2. 配對結果，跟你在「表1」自己做的異業合作配對一樣嗎？如果不同，你當初選擇的理
由是什麼？

3. 從這些異業合作中，你是不是想到了其他異業合作的創意？請你寫下來，跟大家分享
吧！

│聽力文本│

　　第一組，Uber 和馬拉松選手。馬拉松賽一般都不在市區舉行，參加比賽的人怎麼去和回
一直是主辦單位頭痛的問題，尤其比賽結束後，選手往往都累得走不動了，他們需要解決回到
市區的交通問題，於是 Uber 和主辦單位合作，給選手搭車的優惠，透過抽獎來決定車資打幾
折，讓搭車不再無聊，也增加了一點刺激和趣味。

　　第二組，炸雞配上了鬆餅。韓國炸雞總是以宵夜的形式出現，但是客戶開發遇到了瓶頸，
於是跟鬆餅合作，兩種業者各省了一半成本不說，也讓產品打入了早餐市場，再加上客人上網

按一個「讚」就能送一小杯飲料的靈活銷售，成功抓住了新的客群。

　　第三組，銀行看上咖啡店。越來越多銀行業務，消費者只要透過網路就能完成，銀行裁減員額成了趨勢，多出來的空間如果租給咖啡店，客戶到銀行辦事等待的時間，就能一邊享受咖啡，不至於太無聊。

　　第四組，便利商店和網路購物合作。相信您可能已經享受過，到住家附近便利商店，拿回網路上購買貨品的便利了！

　　第五組，候選人愛上了當地食材。台灣選舉，候選人有很多與選民互動的大型活動，配合上當地食材的免費發送、試吃，或代為促銷，不但能表現出親民、愛民，也協助小農或商人成功行銷了產品。算是比較特別的形式。

　　現在，這些產業，是怎麼成為異業合作成功的案例，相信您已知道了。借重彼此，發揮創意，確保雙方利益，應該是他們成功最重要的一環吧！

✎ 學生作業簿

│一、請選擇適當的詞語組合（每個詞語只能使用一次）及完成句子│

1. C　　2. D　　3. E　　4. J　　5. I　　6. A　　7. F　　8. G　　9. B　　10. H

請把上面搭配好的詞語，選擇適當的組合填入下面句子。
1. 陷入僵局
2. 刺激消費
3. 從優發放資遣費
4. 靈活的合作模式
5. 資金到位

│二、請將框框中的詞語填入下面的短文中，填入代號 a-j 即可│

1. i　　2. h　　3. e　　4. f　　5. a　　6. d　　7. j　　8. b　　9. c　　10. g

│三、請選擇合適的句子，完成對話│

1. C　　2. C　　3. B　　4. C　　5. B　　6. A　　7. C　　8. C　　9. C　　10. A

│四、請利用提示欄中的詞語，改寫原句，而且不影響原句的意思│

1. 請原諒，請容許我這麼說，如果到時候你們資金不能到位，合約就得重頭談起了。

2. 今天我們受命前來，就人力併入未來系統這一部分的問題進行協商。

3. 完成併購後，我們希望能把主管的平均年齡<u>降至 45 歲左右。</u>

4. 因為併購而離職的同仁，他們的福利應該<u>比照被資遣的員工。</u>

5. 因為業者提供服務的範圍越來越大，<u>異業合作的模式</u>，就應運而生了。

6. 在這個高收入族群居住地區的行銷策略，應該以<u>銷售高價位的流行商品為主力。</u>

7. 現在服裝店這麼多，台北市東區的租金又這麼高，<u>店家陷入沒有什麼利潤的困難情況</u>，難怪很多老闆<u>一氣之下</u>，就乾脆關門了。

肆 教學補充資源

參考網站

提供授課教師參考。

1. 異業行銷 開拓新客人-多品牌經營觀點
   異業行銷開拓新客源---高端訓《王品集團品牌總監》
   王品牛排、西堤、陶板屋為例
   https://blog.xuite.net/iamcoach/twblog/130152130-異業行銷開發新客人

2. 異業合作的關鍵---摘自痞客邦財經企管--行銷金三角部落格
   請參考下列以行銷金三角檢視異業合作圖

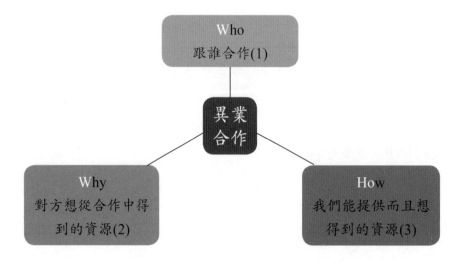

附錄一 臺灣縣市地名地圖

基隆市
Keelung City

Taoyuan City
桃園市

Taipei City
臺北市

新北市
New Taipei City

Hsinchu City
新竹市

金門縣
Kinmen County

宜蘭縣
Yilan County

Miaoli County
苗栗縣

臺中市
Taichung City

Taroko National Park
太魯閣國家公園

Hualien County
花蓮縣

Changhua County
彰化縣

Taiwan

Nantou County
南投縣

澎湖縣
Penghu County

Yunlin County
雲林縣

Sun Moon Lake
日月潭

Chiayi City
嘉義市

臺南市
Tainan City

Taitung County
臺東縣

Kaohsiung City
高雄市

Pingtung County
屏東縣

綠島鄉
Green Island

墾丁國家公園
Kenting National Park

蘭嶼
Orchid Island

附錄二 中國省分地圖

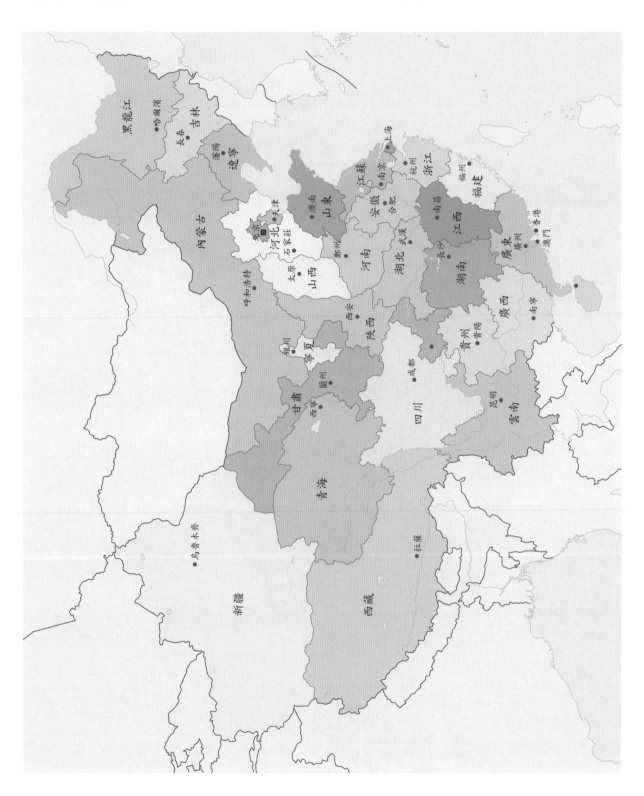

附錄三　兩岸地區常用詞彙對照表

參考資料／交通部觀光局

臺灣用語	大陸用語
交　　通	
捷運	地铁、轻轨或城铁
公車	公交车、公交
遊覽車	旅游大巴、观光车
計程車	出租车、的士
輕型機車	轻骑
私家車	私家车、家轿
腳踏車、單車	自行车
公車站	公交站
轉運站	换乘站、枢纽站、中转
月臺	站台
搭乘計程車	打的（打 D、打车）
左右轉	左、右拐

住　　宿	
洗手間	卫生间、洗手间
觀光旅館（大飯店）	旅馆、宾馆、酒店
櫃檯	总台、前台
寬頻網路	宽带
冷氣	空调
洗面乳	洗面奶
洗髮精	洗发水、香波
刮鬍刀	剃须刀、刮胡刀
吹風機	电吹风、吹风机

餐　　飲	
小吃店	小吃店
快炒店	大排档

路邊攤	地摊
餐廳	饭店
便當	快餐、盒饭
宵夜	夜宵、夜餐
菜單	菜谱、菜单
開瓶器	起瓶盖器、起子
鋁箔包	软盒装、软包装
調理包	方便菜、软罐头

購　　物	
折價、打折	打折
收執聯	回帖
收據	小票、白条、发票、收据
刷卡	刷卡
保存期限	保质期
專賣店	专卖店
量販	量贩、批发
降價	降价
缺貨	脱销、缺售、缺货
發票	发票

生　　活	
員警	公安、员警
打簡訊	发信息
長途電話	长话、长途
國際電話預付卡	IP 卡
儲值卡	充值卡
服務生	服务员
警衛	门卫、保安

Linking Chinese

各行各業說中文 2 教師手冊

策　　劃	國立臺灣師範大學國語教學中心	出 版 者	聯經出版事業股份有限公司
顧　　問	周德瑋、紀月娥、高端訓、許書瑋、游森楨	發 行 人	林載爵
審　　查	陳麗宇、彭妮絲、葉德明	社　　長	羅國俊
總 編 輯	張莉萍	總 經 理	陳芝宇
編寫教師	何沐容、孫淑儀、黃桂英、劉殿敏	總 編 輯	胡金倫
執行編輯	劉怡棻、蔡如珮	編輯主任	陳逸華
英文翻譯	范大龍	叢書主編	李　芃
校　　對	陳昱蓉、張雯雯、蔡如珮、劉怡棻、廖倚萱	地　　址	新北市汐止區大同路一段 369 號 1 樓
		聯絡電話	(02)8692-5588 轉 5317
排　　版	菩薩蠻	郵政劃撥	帳戶第 0100559-3 號
封面設計	Anzo Design Co.	郵撥電話	(02)23620308
		印 刷 者	文聯彩色製版印刷有限公司

2019 年 11 月初版
版權所有　·　翻印必究
Printed in Taiwan.

ISBN　　978-957-08-5395-7 (平裝)
GPN　　1010801763
定　　價　400 元

著作財產權人　國立臺灣師範大學
地址：臺北市和平東路一段 162 號
電話：886-2-7734-5130
網址：http://mtc.ntnu.edu.tw/
E-mail：mtcbook613@gmail.com

國家圖書館出版品預行編目資料

各行各業說中文 2 教師手冊/國立臺灣師範大學
國語教學中心策劃．張莉萍主編．何沐容等編寫．初版．新北市．
聯經．2019年11月．128面．
21×28公分（Linking Chinese）
ISBN　978-957-08-5395-7（平裝）

1.漢語　2.讀本

802.86　　　　　　　　　　　　　　　　　108015527